Chères lectrices,

Fermez les yeux et imaginez que vous vous êtes égarée dans la montagne enneigée alors que la tempête se lève. Vous continuez de skier, mais vous sentez vos forces s'amenuiser, le froid engourdir votre corps. Et puis soudain, dans le lointain, vous apercevez une lumière. Vous vous approchez, et vous découvrez, émerveillée et soulagée, un magnifique chalet de bois sous la neige, à l'intérieur duquel règne une douce lumière, peut-être celle d'un bon feu de cheminée. Vous frappez à la porte, et un homme incroyablement beau vous ouvre… Voilà comment débute le conte de fées que va vivre Miranda, l'héroïne de *Amoureuse d'un milliardaire* (Azur n° 2672). Un conte de fées plein de charme et de surprises, qui vous fera éprouver des émotions intenses et délicieuses…

Sans oublier les autres volumes de votre collection, bien sûr !

Excellente lecture à toutes.

La responsable de collection

Le serment rompu

MAGGIE COX

Le serment rompu

COLLECTION AZUR

éditions Harlequin

Cet ouvrage a été publié en langue anglaise
sous le titre :
THE WEDLOCKED WIFE

Traduction française de
ADELINE MAGNE

HARLEQUIN®

est une marque déposée du Groupe Harlequin
et Azur ® est une marque déposée d'Harlequin S.A.

1.

Ce jour-là, Sorrel aurait donné n'importe quoi pour éviter de se rendre chez l'avocat. Tandis qu'elle attendait le début de la réunion, son angoisse augmentait de minute en minute, amplifiée par l'atmosphère étouffante qui régnait dans l'austère bureau. Entre ces murs lambrissés de chêne sombre, le pire allait arriver, elle en était sûre.

C'était une belle journée, pourtant. Dehors, un radieux soleil printanier faisait planer une irrésistible joie de vivre, mais le bonheur et l'espérance semblaient être restés au seuil de l'office... D'ailleurs, comment aurait-il pu en être autrement ? Dans quelques instants, Sorrel allait devoir faire face à son mari, qu'elle avait quitté depuis trois mois, et ils allaient entamer une procédure de divorce.

A cette pensée, son estomac se contracta. Cette douleur tenaillait la jeune femme depuis des jours et des jours, sans relâche. L'esprit ailleurs, elle serra l'une contre l'autre ses mains raides et glacées.

La perspective de revoir Reece lui inspirait un bonheur fragile mêlé d'une tristesse insondable. Ils allaient divorcer. Entre eux, c'était fini. Dire qu'elle avait si longtemps cru qu'ils s'aimaient d'un amour indestructible, capable de résister à toutes les épreuves du destin, à la lassitude du temps qui passe… En quelques mois seulement, ses illusions avaient été anéanties.

Sorrel s'était décidée à quitter Reece à l'issue d'une violente dispute qui les avait opposés, quelques semaines auparavant.

Ce soir-là, Reece s'était comporté envers elle comme un étranger insensible. Elle avait pourtant essayé de lui parler, mais elle avait eu l'impression de se heurter à un mur. Depuis longtemps, la vie professionnelle trépidante de Reece l'avait rendu aveugle à ses devoirs conjugaux et aux besoins criants de sa jeune épouse, et lorsqu'elle lui reprochait sa négligence, il l'accusait d'intransigeance. A ses yeux, elle avait tous les torts et elle était à l'origine de tous les problèmes dans leur couple.

Au lendemain de cette dispute, la pire de toutes, Reece avait pris le premier train pour York, où il devait assurer la promotion d'un concert de musique classique. Furieuse, Sorrel avait refusé de l'accompagner : s'il s'était vraiment soucié de leur couple, si la survie de son mariage lui avait un tant soit peu tenu à cœur, Reece aurait remis à plus tard cette « importante réunion ». Il serait resté avec elle pour envisager le problème ô combien plus important de leur vie commune. C'était lui, par son indifférence, qui l'avait contrainte à faire ses bagages et à le quitter. Pourtant, ce n'était pas de gaieté de cœur qu'elle avait abandonné sa somptueuse demeure des quartiers chic de Londres et qu'elle était allée vivre provisoirement chez sa sœur Melody, dans le Suffolk. Reece ne lui avait pas laissé le choix, voilà tout.

Il l'avait poussée à bout… Elle en avait assez des disputes, des accusations, des blessures, des horribles soupçons sur la fidélité de Reece. Surtout, elle ne supportait plus ces longues périodes de solitude pendant lesquelles le temps s'écoulait avec une lenteur si désespérante qu'elle aurait voulu hurler. Aucune activité, aucune amie n'aurait pu dissiper le sentiment d'abandon qui déchirait son âme à chacune des absences de Reece. Sans l'amour et l'affection de son mari, Sorrel ne se sentait pas entière.

Pourtant, dès le début de leur relation, elle avait su à quoi s'en tenir concernant les obligations professionnelles de son époux. Impresario de renommée internationale, Reece était souvent amené à voyager. Etant elle-même mannequin, Sorrel menait elle aussi une vie de nomade. Simplement, avec les années, elle en était venue à rêver d'une existence plus stable, d'un véritable foyer. Pourquoi ? Elle n'en savait trop rien... Elle voulait se fixer, c'est tout. Mais Reece ne partageait pas du tout ce désir de simplicité.

C'est alors que leurs disputes avaient commencé. Loin de s'espacer, les engagements professionnels de Reece avaient semblé s'enchaîner à un rythme accéléré et il avait été pris pendant des semaines entières. D'interminables semaines de solitude pour Sorrel, qui rechignait de plus en plus à suivre son mari dans ses déplacements...

— Le café sera bientôt servi, madame Villiers. Nous attendons seulement l'arrivée de votre mari. Vous allez bien ? Vous avez l'air d'avoir un peu froid... Voulez-vous que je ferme la fenêtre ?

Edward Carmichael, le riche et fringant avocat de Reece, se levait déjà de son siège, au bout du long bureau solennel. Sorrel lui jeta un regard alarmé.

— Non ! S'il vous plaît, ne fermez pas.

Cette pièce lugubre était déjà assez oppressante comme cela. Sorrel étouffait, et sans ce mince filet d'air, elle craignait de ne plus pouvoir maîtriser son angoisse du tout. Fenêtres fermées, il ne serait même plus question pour elle de rester assise à cette table imposante, de supporter la confrontation avec Reece, et encore moins de faire face à l'atroce réalité : son mari ne l'aimait plus.

C'était Reece qui avait pris rendez-vous avec son avocat pour engager la procédure de divorce.

Lorsqu'elle avait reçu sa lettre, une quinzaine de jours plus tôt, Sorrel avait fondu en larmes. Elle s'était attendue à tout, sauf à un courrier aussi concis, aussi froid. Alors qu'elle n'avait cessé d'espérer un pardon, un compromis, une trêve, voire un renouveau... Qu'elle avait été naïve !

Aux voix sourdes qu'elle entendit soudain derrière la porte, elle sut que Reece était arrivé. Aussitôt, un frisson glacé courut sur son dos. S'armant de courage, elle redressa la tête. Pourvu qu'elle ne laisse rien paraître du tumulte qui l'agitait... Il avait déjà tant d'armes contre elle, inutile de se rendre encore plus vulnérable. Au contraire, il lui fallait être forte pour apprendre à vivre sans cet homme autour duquel elle avait construit sa vie. Pourtant, cette idée lui était insupportable.

Enfin, la porte s'ouvrit et Reece entra. Il la chercha tout de suite du regard, un regard dont l'intensité l'avait toujours troublée, mais dès qu'il la vit, il détourna la tête avec une indifférence glaciale. Ces yeux émeraude, si tendres autrefois, trahissaient désormais une sourde hostilité, comme si l'amour n'y était jamais entré... Devant tant de dédain, Sorrel eut toutes les peines du monde à ne pas quitter la pièce en courant.

— Bonjour, monsieur Villiers. Venez donc vous asseoir. Si vous le permettez, je vais demander du café...

L'avocat s'éclipsa. Les larges épaules de Reece trahissaient une violente tension, et son sévère complet à rayures grises s'accordait avec l'atmosphère imposante du bureau. Plus que jamais, Sorrel se sentit seule, effrayée et terriblement embarrassée. Que faire, que dire ? Le silence persistait, lourd, menaçant... Heureusement, Reece prit enfin la parole :

— Es-tu venue à Londres en voiture ?

Sa voix à l'accent américain avait des inflexions solennelles.

— Non, s'empressa-t-elle de répondre. En fait, je suis venue par le train. Au départ, je voulais prendre la voiture, mais j'ai eu peur de tomber dans les embouteillages. De toute façon...

Sa phrase resta en suspens. Comment lui dire qu'elle souffrait depuis plusieurs jours de nausées qui la rendaient malade en voiture ? D'ailleurs, s'en souciait-il ?

Elle haussa les épaules, mal à l'aise et transie malgré le cardigan de laine qu'elle portait sous son tailleur crème. L'anxiété de ces derniers mois et l'angoisse devant l'avenir l'avaient épuisée.

— Au moins, j'ai pu lire pendant le trajet.

Reece tira une chaise, déboutonna sa veste et s'assit en face de la jeune femme.

— Tout ce que je souhaite, déclara-t-il en versant l'eau d'une carafe dans un verre de cristal ciselé, c'est régler cette histoire le plus vite possible et sans encombre.

Parlait-il sérieusement ? Alors, c'était qu'il avait un cœur de pierre... Sorrel leva un regard blessé vers Reece et ne put s'empêcher d'être frappée par la beauté hautaine de son visage aux traits fins et harmonieux, au menton carré et volontaire marqué d'une fossette discrète, aux yeux verts, intelligents. Et dire qu'il avait osé l'appeler la femme de sa vie... A présent, il semblait avoir du mal à rester dans la même pièce qu'elle.

— Je… je ne m'attendais pas à recevoir une telle lettre de toi, reprit-elle.

Il lui en coûtait d'évoquer ce pénible souvenir, mais elle avait besoin de renouer avec lui un lien personnel, aussi douloureux soit-il. Mais Reece n'eut pas le temps de répondre : Edward Carmichael revenait, suivi d'une employée qui portait un plateau. La jeune femme le déposa sur la table et sortit discrètement. Puis, l'avocat reprit sa place, croisa les mains sur le bureau et s'éclaircit la gorge.

Reece serra les dents. Il n'avait pu poser les yeux sur sa femme sans éprouver un pincement au cœur. Elle était vraiment d'une beauté à couper le souffle. Cela faisait maintenant onze semaines et deux jours qu'il ne l'avait pas vue, autant dire une éternité. Certes, depuis leur mariage, deux ans et demi plus tôt, ses obligations professionnelles l'avaient souvent éloigné d'elle. Mais ces absences, après lesquelles il était sûr de la retrouver, n'avaient rien à voir avec ces semaines de séparation totale. A présent, la superbe demeure qu'il avait fait construire pour elle ressemblait à une cage de verre et d'acier, une prison luxueuse mais sans âme, remplie de meubles anciens et d'objets d'art, totalement dénuée de joie de vivre. Une prison qui lui rappelait à chaque instant le souvenir douloureux du trésor inestimable qui lui avait échappé.

Pourtant, la blondeur angélique de Sorrel ne lui inspirait plus l'émotion ravie qu'il éprouvait autrefois en la contemplant. Cette femme l'avait quitté sans même daigner lui laisser un mot d'adieu ou d'explication. Comment lui pardonner un mépris aussi flagrant ? C'est en découvrant les armoires partiellement vides et les deux valises manquantes que Reece avait compris. Pendant presque trois mois, il avait vainement attendu une lettre, un coup de téléphone, un signe qui lui permettrait de savoir comment elle envisageait l'avenir de leur couple. Mais pendant tout ce temps, elle l'avait laissé dans le silence et l'incertitude.

Une question surtout n'avait cessé de tarauder Reece : Sorrel était-elle tombée amoureuse d'un autre ? Et si oui, était-ce pour cela qu'elle était partie sans oser rien dire ? Brûlant d'en avoir le cœur net, il avait tout de suite pensé à téléphoner chez Melody, la sœur de Sorrel : toutes deux étaient très liées, il savait qu'elle le renseignerait. Lorsque sa belle-sœur l'eût assuré que Sorrel ne voyait personne, Reece s'était résigné à l'absence de sa femme.

Malgré tout, il était furieux de ce qu'elle n'ait même pas cherché à savoir ce qu'il pensait de son geste ni comment il vivait leur séparation. Fatigué de ce silence persistant, il avait résolu de prendre les devants et d'entamer un divorce. Et tant pis s'il la mettait devant le fait accompli. Après tous ces mois de mésentente, le divorce était sans aucun doute la meilleure solution.

Reece en avait eu assez. Entre eux deux, la situation était vraiment devenue insupportable. Dire qu'aux premiers temps de leur mariage, Sorrel avait été la douceur, la gentillesse incarnées. Comment aurait-il pu savoir que cet ange blond ferait de sa vie un véritable enfer ? Rien ni personne ne le mettait hors de lui comme Sorrel. Oui, mieux valait rompre le plus vite possible, d'autant plus que son travail avait commencé à pâtir de cette ambiance désastreuse. Reece exerçait un métier prenant qui réclamait toute son attention, mais il n'arrivait plus à se concentrer, obnubilé par ses problèmes conjugaux. Et leur rencontre d'aujourd'hui n'allait vraisemblablement rien arranger...

Le suave Edward Carmichael ordonnait des papiers sur son bureau.

— Bien, décréta-t-il en leur adressant à tous deux son plus beau sourire professionnel. Commençons, voulez-vous ?

Pour la première fois, Sorrel remarqua la blancheur des petites mains replètes de l'avocat, ses ongles manucurés, le lourd anneau d'or à son petit doigt. Elle détourna le regard. Maintenant, elle regrettait de ne pas porter sa fine alliance de platine. Elle l'avait enlevée le matin même, juste avant que Melody ne la conduise à la gare. Elle avait eu peur que Reece ne la lui réclame. Or, elle s'en apercevait maintenant, ce geste allait certainement lui faire croire qu'elle consentait au divorce.

Embarrassée, la jeune femme croisa les mains sur ses genoux pour dissimuler son annulaire. Non, elle ne souhaitait pas divorcer. Jamais, au grand jamais elle n'avait voulu que les choses se dégradent autant entre eux. A présent, elle se reprochait de ne pas avoir été plus accommodante : elle aurait dû accepter de lui parler lorsqu'il avait téléphoné chez Melody, lui proposer un rendez-vous afin de discuter de leurs problèmes, en adultes responsables. De cette façon, peut-être auraient-ils pu éviter le pire. Mais au lieu de cela, elle s'était murée dans un silence têtu, espérant qu'il ferait le premier pas, qu'il lui demanderait pardon.

Pourtant, son intransigeance n'était pas totalement injustifiée. Lors de cette terrible dispute, il lui avait dit des choses horribles, d'une violence inqualifiable. Et voilà qu'après lui avoir brisé le cœur, il s'étonnait parce qu'elle désirait le voir faire amende honorable et prendre l'initiative de la réconciliation...

Levant les yeux vers son mari, Sorrel considéra avec tristesse son expression hautaine, distante : il semblait avoir vraiment hâte de mettre un terme à leur union.

— Veuillez m'excuser, l'entendit-elle dire, je suis assez

pressé. Je dois prendre un train pour Edimbourg dans deux heures et je vous serais très reconnaissant de régler les choses au plus vite.

Soudain, prise d'une nausée irrépressible, Sorrel se leva d'un bond et quitta la pièce en courant, hélant l'élégante réceptionniste pour connaître l'emplacement des toilettes pour dames. Elle se rua dans la direction indiquée, le long d'un couloir dont le carrelage noir et blanc lui rappela l'échiquier dans *Alice au Pays des Merveilles*, et se pencha juste à temps au-dessus d'une cuvette en faïence.

Au bout de plusieurs minutes interminables, le souffle encore court et les jambes flageolantes, blême comme une statue de marbre, Sorrel se risqua à retourner dans le bureau de l'avocat.

Reece se leva et la considéra avec inquiétude.

— Est-ce que ça va ? Au nom du ciel, qu'est-ce qui t'arrive ?

Instinctivement, il passa le bras autour de la taille de la jeune femme et l'aida à reprendre place dans son fauteuil. Sorrel se garda bien de lui répondre de peur de fondre en larmes et de se rendre de nouveau ridicule devant les deux hommes. En cet instant, tout ce qu'elle désirait, c'était que Reece la prenne dans ses bras et qu'il la reconduise à la maison, chez eux.

Mais ils n'avaient justement plus de « chez eux » parce qu'ils n'habitaient plus ensemble. C'était même pour discuter de cela qu'ils s'étaient rencontrés aujourd'hui. Les larmes aux yeux, Sorrel soupira.

— Ce n'est rien, ce n'est rien. L'odeur du café m'a fait un drôle d'effet, c'est tout. C'est la première fois que ça m'arrive. Désolée.

Blême, Reece regagna son fauteuil, mais sans s'asseoir.

L'atmosphère solennelle qui régnait dans la pièce donnait à son attitude quelque chose d'impressionnant.

Sorrel leva vers lui des yeux étonnés.

— Y a-t-il un problème ?

Il fixa sur elle un regard dur et pénétrant.

— As-tu seulement pensé que tu pouvais être enceinte ?

La jeune femme accusa le coup. Enceinte, elle ? Cet étrange mal de cœur qui la gênait depuis plusieurs jours, cette tension dans les seins, ce besoin constant qu'elle avait aussi d'ouvrir les fenêtres, faute de quoi elle avait l'impression d'étouffer… Tout prenait sens ! Elle avait attribué tous ces symptômes à son chagrin. Elle était malheureuse, désespérée d'aimer Reece envers et contre tout, en dépit des disputes, des colères et de la tristesse qui l'assaillait sans trêve. Par ailleurs, elle ne se fiait pas à ses règles, qui n'avaient jamais été très régulières.

Mais, elle s'en souvenait maintenant… La veille de leur dispute, Reece et elle s'étaient aimés passionnément, toute la nuit. Il venait de s'absenter pendant un mois et ils avaient tellement faim l'un de l'autre qu'ils n'avaient pas songé une seconde à utiliser un moyen de contraception…

— Je… C'est impossible ! Impossible !

Elle lança un regard désemparé à Carmichael qui, les mains jointes sur son bureau, fronçait les sourcils à la manière d'un juge de l'Inquisition.

— J'avais simplement mal au ventre, c'est tout !

— Es-tu allée voir un médecin ? insista Reece d'une voix froide et distante.

— Non. J'aurais dû ? J'étais… j'étais bouleversée par ce qui arrive… par ce qui *nous* arrive. Je ne pensais pas que c'était dû à autre chose, poursuivit-elle, effarée à l'idée d'être enceinte.

L'avocat se leva en leur jetant un regard réprobateur.

— Au vu des circonstances, je préfère vous laisser discuter en tête à tête, calmement. Prenez tout le temps qu'il vous faudra. Lorsque vous serez disposés à me voir, faites-le savoir à ma réceptionniste.

Sur ces paroles, il referma la porte derrière lui, les laissant seuls, en proie à un désarroi indescriptible.

Reece secoua la tête. Sorrel, enceinte ? Cela se pouvait-il ? Elle allait avoir un bébé. A cette pensée, un vertige le saisit. Mais presque aussitôt, une lueur glacée s'alluma dans ses yeux hautains.

— Je suis le père ?

La question claqua comme un coup de fouet. Le souffle coupé, Sorrel soutint son regard avec fermeté.

— Comment oses-tu me demander une chose pareille ? Bien sûr que tu es le père ! Tu ne crois tout de même pas que je t'ai trompé ? Je ne comprends pas où tu veux en venir, Reece. Notre mariage n'a-t-il jamais été pour toi qu'une gigantesque farce ?

— Pour l'instant, j'avoue être totalement pris de court. Je pensais te connaître, mais il s'avère que j'avais tort. Et ça, je m'en suis aperçu il y a trois mois, lorsque tu m'as quitté.

Choquée de tant de dureté, Sorrel secoua lentement la tête.

— Donc, pour toi, la situation actuelle ne doit rien à ton égoïsme, à ton entêtement déraisonnable ? Tu préfères croire que je t'ai quitté pour un autre homme plutôt que d'imaginer une seule seconde que tu puisses avoir une part de responsabilité dans le désastre de notre mariage, c'est ça ? Sache que je suis partie parce que j'en avais assez, oui, plus qu'assez d'être toujours traitée comme quantité négligeable ! Dans un couple, on doit marcher main dans la main, pas chacun de son côté. Depuis que nous nous sommes mariés, j'ai toujours été obligée d'agir comme tu l'entendais. Mes besoins, mes envies à moi, ça n'avait strictement aucune importance !

— Quel mensonge, Sorrel !

D'un geste nerveux, il se passa la main dans les cheveux.

— De quoi te plains-tu, dis-moi ? reprit-il en la fusillant du regard. Tu mènes avec moi une vie de luxe. Tu pourrais voyager par exemple : je n'ai jamais exigé que tu restes cloîtrée à la maison. Je te demande au contraire de consentir à me suivre parfois dans mes déplacements, pour que nous passions un peu de temps ensemble. Ne viens pas me dire que j'exige l'impossible.

— Et toi, que dirais-tu de passer un peu plus de temps à la maison, avec moi ? Nous n'avons pas de foyer à proprement parler, Reece ! Tu n'es jamais là. Pourtant, tu sais très bien que j'ai envie de me fixer quelque part, de donner un sens à ma vie, à notre couple.

— Vraiment ? Lorsque nous nous sommes rencontrés, tu trouvais que j'avais un métier excitant, prestigieux. Tu savais que j'y consacrais beaucoup de temps. Mais à l'époque, ça ne te dérangeait pas… du moins, en apparence. De ton côté, tu n'as jamais rêvé de faire carrière. Je n'ai rien à redire à cela, mais je ne t'ai jamais caché que je n'étais pas le genre d'homme à rester à la maison pour jouer le bon père de famille. Par conséquent, je te serais reconnaissant de ne pas prétendre que tu as été dupée.

Rien n'avait changé pendant ces trois mois : campés sur leurs positions, ils en étaient toujours au même point. Il fallait se résoudre à l'évidence : le divorce était bien la seule issue. Sorrel était forcée d'admettre que Reece avait raison et qu'elle avait eu tort.

Sauf qu'elle oubliait de prendre en compte un détail

important : elle était certainement enceinte. Enceinte au pire moment. Elle qui avait toujours voulu avoir des enfants… Dans ces rêves, Reece accueillait cette nouvelle avec joie, mais la réalité était toute différente… Elle-même n'arrivait pas à se réjouir : ce pauvre enfant allait naître de parents désunis. Quel départ tragique dans la vie… A cette pensée, sa gorge se serra et ses yeux s'emplirent de larmes de détresse.

Elle leva la tête.

— Et le bébé ? murmura-t-elle.

De tout son cœur, Sorrel priait pour que Reece ne lui propose pas l'impensable. Si jamais il osait, ils n'auraient vraiment plus rien à se dire, elle refuserait même de le revoir. Quel que soit son avis, elle était déterminée à garder cet enfant et à l'élever, coûte que coûte.

Reece lui tourna le dos et, les mains dans les poches de son pantalon, fit quelques pas d'un air distrait. Puis il s'immobilisa un instant, comme pour mettre de l'ordre dans ses idées.

Enfin, il lui fit face.

— Le bébé change tout, déclara-t-il d'une voix résolue.

2.

— Que veux-tu dire ? demanda-t-elle, la gorge serrée.

Instinctivement, elle glissa la main sur son ventre, sous le fin chemisier de coutil brun qu'elle portait sous son cardigan.

— Je veux dire qu'en l'état actuel des choses, un divorce est hors de question.

— C'est le bébé qui te fait changer d'avis ?

— Qu'espérais-tu ? Quels que soient mes sentiments pour toi, Sorrel, je n'ai nullement l'intention de m'évanouir dans la nature et de renoncer à m'occuper de cet enfant. Pensais-tu vraiment que j'allais consentir au divorce dans ces conditions ?

Comme elle détestait l'entendre parler ainsi ! Il lui faisait peur. Avait-il seulement songé au bonheur de l'enfant ? Pourquoi voulait-il imposer à cet innocent de grandir dans une famille désunie, où régneraient le mépris, l'indifférence et la crainte ?

Accablée de chagrin, la jeune femme se leva lentement et plongea une main tremblante dans ses épais cheveux blonds. Malgré sa peur et son sentiment de vulnérabilité, elle était animée d'une détermination farouche. Cette fois-ci, elle ne laisserait pas Reece agir comme il l'entendait.

Aussi longtemps qu'elle vivrait, elle était bien résolue à lutter jusqu'à son dernier souffle pour son bonheur et pour celui de son enfant.

— Tu n'es pas seul à décider, Reece, s'entendit-elle prononcer d'une voix claire. Si j'ai envie de rompre notre mariage, rien de ce que tu pourras dire ou faire ne me fera changer d'avis.

— Si tu romps notre mariage, Sorrel, je ferai tout ce qui est en mon pouvoir pour t'écarter et revendiquer tous les droits sur l'enfant. Je te traînerai devant tous les tribunaux du pays s'il le faut. Suis-je clair ?

Elle eut un léger hoquet d'angoisse et lui lança un regard incrédule et blessé. Etait-ce là l'homme qu'elle avait aimé ?

— Des menaces, maintenant ? Si je te comprends bien, tu irais jusqu'à engager un procès contre moi pour la garde de notre enfant ?

Il répondit par un haussement d'épaules dédaigneux.

— On dirait que cela t'étonne, Sorrel. Je pensais que tu me connaissais mieux. Tu sais très bien que je déteste tenir les seconds rôles. De plus, j'ai les moyens de me payer les meilleurs avocats du pays et je n'aurai aucun scrupule à faire appel à eux. Toi, en revanche, tu n'exerces aucune activité régulière et tes ressources se limitent à l'argent que je te verse et aux revenus épisodiques que tu tires de tes contrats de mannequin. Selon toi, qui, de nous deux, est en position de force ? Réfléchis bien. Pendant ce temps, je vais dire à mon avocat que j'ai changé d'avis au sujet du divorce. Ensuite, nous irons chez ta sœur récupérer tes affaires et nous rentrerons à la maison.

— Attends. Pourquoi voudrais-tu me faire un procès pour la

garde du bébé alors que, tout à l'heure, tu affirmais dédaigneusement ne pas vouloir jouer « au bon père de famille » ?

Reece réfléchit à ses paroles pendant un long moment avant de répondre d'une voix neutre et dénuée d'émotion :

— Les hommes aussi ont le droit de changer d'avis. La donne a changé depuis tout à l'heure. Tu attends un enfant, *mon* enfant, et j'ai le devoir de t'aider à l'élever. Pensais-tu que j'allais te laisser te débrouiller seule, sans moi ? Croyais-tu sérieusement que je n'aurais pas mon mot à dire ?

En proie à un vertige, Sorrel déglutit avec difficulté.

— Je n'ai pas besoin de ton argent ! Si je veux, je peux trouver du travail du jour au lendemain, comme ça, déclara-t-elle en claquant les doigts.

— Et pour combien de temps, encore ? Tu es enceinte, Sorrel, ne l'oublie pas.

La jeune femme se sentit rougir de colère.

— Il est hors de question que je retourne à Londres avec toi, Reece. Je veux rester chez Melody.

— Désolé, mais tu n'as pas le choix. Je te ramène à la maison, point final.

— Mais... mais je croyais que tu devais prendre un train pour Edimbourg ! Tu ne vas tout de même pas annuler un de tes précieux rendez-vous pour moi ? Ce serait bien la première fois que ça t'arrive !

Reece lui lança un regard glacial par-dessus son épaule et ouvrit violemment la porte.

— Tous mes projets sont en suspens jusqu'à ce que tu reviennes là où est ta place, répliqua-t-il sèchement.

— Comment ça, « là où est ma place » ? Pour qui te prends-tu ? Je t'informe que je suis adulte, et parfaitement capable de prendre mes décisions toute seule. Et je veux rentrer chez ma sœur !

Pivotant sur ses talons, il haussa les sourcils avec dédain.

— Tu es ma femme, Sorrel, observa-t-il avec un sourire sardonique. Tu portes mon enfant. Aux yeux de n'importe quel juge, il ne ferait aucun doute que, dans ton intérêt et dans celui du bébé, ta place est auprès de moi. Restons-en là.

Sur ces mots, il referma la porte sur lui avant même qu'elle pût prononcer la moindre parole de défense ou de protestation.

Seule dans la chambre, Sorrel promenait les yeux sur la terrasse. Son regard distrait s'attarda sur les pots en terre cuite débordant d'une débauche de fleurs printanières, sur le mur de chaux envahi de lierre, sur le carrelage de marbre, avec au milieu, une table chromée entourée de chaises. L'ensemble avait l'élégance précise et froide des revues de décoration, comme lorsqu'elle était partie, trois mois plus tôt. Si elle était revenue dans des circonstances plus favorables, sans doute aurait-elle trouvé du charme à cette perfection impersonnelle. Mais aujourd'hui, indifférente aux nuances roses, jaunes et bleues des fleurs en cascade, Sorrel n'arrivait pas à se sentir chez elle dans cette maison luxueuse mais glaciale et sans joie. A l'image de ses retrouvailles avec Reece, à peu près aussi chaleureuses que celles de deux coqs de combat...

Elle soupira.

— Alors ? dit une voix derrière elle.

La jeune femme sursauta : Reece venait d'entrer dans la pièce. Il voulait s'enquérir du résultat du test de grossesse qu'elle avait acheté au retour de chez Melody. Tout à coup,

Sorrel eut envie de lui mentir, ou tout au moins de retarder sa réponse pour le punir de sa froideur et de son intransigeance. Elle n'était pas une criminelle, bon sang ! Elle était sa femme et elle l'aimait.

Sorrel se tourna lentement vers lui, les bras croisés sur la poitrine comme pour défendre une limite au-delà de laquelle il ne devait pas s'aventurer.

— Le test est positif.

Reece prit une profonde inspiration et, par un énorme effort de volonté, refoula son désir d'aller vers elle, de la prendre dans ses bras et de lui faire l'amour. Malgré son ressentiment envers elle, il ne pouvait s'empêcher de la désirer.

Aucune femme ne lui avait inspiré autant de passion que Sorrel. Dès le premier regard, il avait su qu'il l'aimait et qu'il voulait l'épouser, partager sa vie. Certes, il n'avait pas songé à avoir un enfant tout de suite, mais à présent, il était bien résolu à ne pas la laisser tomber. C'était une question de principe. Que Sorrel le veuille ou non, il veillerait à son bien-être.

Pourtant, il n'éprouvait aucun plaisir à se projeter dans l'avenir. Leur couple était plus fragile que jamais et leur troisième anniversaire de mariage, dans bientôt six mois, aurait un goût amer. Enceinte ou non, Sorrel aurait à répondre de l'affront qu'elle lui avait infligé. Elle avait quitté le domicile conjugal sans même lui donner la possibilité de se justifier, de se racheter. Elle l'avait laissé anéanti. Ce souvenir continuait à le faire bouillir de rage. Non, il n'allait pas lui pardonner facilement d'avoir ainsi piétiné ses sentiments.

Reece avait connu l'amour sur le tard, à trente-neuf ans. Certaines choses méritent une longue attente et, sa rencontre avec Sorrel Clairborne avait pleinement justifié une telle patience.

La première fois qu'il l'avait vue, lors d'une soirée théâtrale, trois ans plus tôt, il avait tout de suite éprouvé pour elle une véritable passion, même si elle était au bras d'un autre homme. Elle lui était apparue telle un ange adorable, vêtue d'un fin corsage rose dont les minces bretelles glissaient sans cesse sur ses épaules rondes, laissant entrevoir une poitrine au galbe parfait... Mais ce qui l'avait surtout frappé et captivé ce soir-là, c'était son visage à la beauté ingénue, un visage que devaient se disputer les plus grands artistes, les meilleurs photographes.

Bah ! Tout cela, c'était des souvenirs... Maintenant, il lui fallait se résigner à la faillite de leur mariage, de leur amour. Pas question toutefois de divorcer : Sorrel resterait sa femme, quels que soient leurs sentiments l'un pour l'autre. Malgré tous leurs problèmes conjugaux, ils feraient de leur mieux pour élever cet enfant.

Reece se passa la main sur le visage et soupira. Il était soulagé de connaître les résultats du test. Maintenant, les choses pouvaient enfin commencer à bouger, des décisions allaient être prises, malgré les résistances de Sorrel.

Il se tourna vers la jeune femme et la dévisagea d'un air grave.

— Il faudrait qu'un médecin t'examine... C'est la prochaine chose à faire. Je m'en charge.

Sorrel refoula les larmes qui brûlaient ses paupières. Savait-il à quel point elle avait envie qu'il la prenne dans ses bras, qu'il lui pardonne de l'avoir quitté sans lui avoir donné de nouvelles ? Elle était même disposée à ravaler son stupide amour-propre pour consentir à un compromis. Ils allaient avoir un enfant ! Quel autre événement pouvait mieux les rapprocher ? Mais dans le regard insondable de Reece, Sorrel lut tant de froideur qu'elle en eut le cœur serré.

Elle redressa les épaules, prête à encaisser un nouveau coup.

— Je suis parfaitement capable de téléphoner au médecin, rétorqua-t-elle. Je sais que tu ne me crois pas à même de me débrouiller sans toi, mais même une pauvre idiote comme moi sait décrocher un téléphone et prendre un rendez-vous.

— Inutile de réagir comme ça, Sorrel. Peu importe qui prend ce fichu rendez-vous, je n'ai jamais eu l'intention de te tenir sous ma coupe ! Il est tout à fait normal et raisonnable que tu ailles voir un médecin. Je refuse de te voir prendre des risques inutiles pendant ta grossesse, c'est tout. Je veux seulement que, toi et l'enfant, vous receviez tous les soins que vous méritez, conclut-il avec un haussement d'épaules exaspéré.

Sorrel le regarda fixement, le cœur gonflé de chagrin. N'espérait-il plus d'elle aucune tendresse, aucune douceur ?

— Essaies-tu de me dire que je pourrais essayer de nuire à ma personne ou à celle du bébé ?

— Allons, ne sois pas paranoïaque, Sorrel. Je veux juste te faire comprendre que nous sommes deux dans cette aventure. Je refuse de rester les bras croisés et de te laisser te débrouiller toute seule.

— Tiens donc ? Tu ne veux plus me laisser me débrouiller toute seule ? C'est nouveau ! Je ne me fais pas d'illusions, Reece. Je sais pertinemment que je vais devoir vivre cette grossesse sans toi pour m'aider. Tu vas travailler comme tu as toujours travaillé et moi, je devrai faire avec, comme d'habitude. Ne viens pas me dire que la paternité va faire de toi un nouvel homme !

Ses fines épaules s'affaissèrent sous le poids de la tristesse.

— Et je suis sûre que l'arrivée du bébé ne changera rien.

Sauf que nous serons deux à attendre patiemment à la maison que tu daignes te souvenir de notre existence.

— C'est ridicule ! D'accord, nous n'avions pas prévu d'avoir un enfant maintenant, mais les choses sont ce qu'elles sont et je suis tout à fait résolu à assumer mes responsabilités paternelles. Je n'arrive pas à croire que tu puisses penser le contraire… Vraiment, je t'avais placée trop haut dans mon estime ! s'écria-t-il en posant sur elle un regard dédaigneux.

Sorrel était consternée. De toute évidence, Reece lui en voulait toujours de l'avoir quitté et comptait lui faire payer son geste, d'une manière ou d'une autre. Enceinte, elle était en position vulnérable et il en profitait. Comment allait-elle trouver la force d'endurer les épreuves physiques et morales que les prochains mois lui réservaient ?

Elle se força à inspirer profondément.

— Je suis revenue ici à mon corps défendant, dit-elle. Parce que je ne veux pas que tu m'enlèves la garde de l'enfant. Mais sache que je vais me battre pour le bonheur de mon bébé autant que pour le mien. Si tu penses que tu vas arranger les choses comme tu l'entends parce que je suis de nouveau à la maison, tu te trompes lourdement.

— Arrête, veux-tu ?

Sorrel s'interrompit, intimidée par l'ennui et le dédain qu'elle lisait dans le regard de Reece. Puis, s'efforçant de refouler l'émotion qui lui serrait la gorge, elle leva les yeux vers lui d'un air de défi.

— Oui, tu as ton travail… Tu as *toujours* eu ton travail… Et je sais très bien que ton métier restera une priorité absolue pour toi. Quant à moi, je tiens à t'informer que je peux gagner ma vie autrement qu'en étant mannequin. Je n'ai jamais eu envie de jouer les femmes entretenues. C'est toi

27

qui m'as demandé de sacrifier ma carrière pour pouvoir te tenir compagnie dans tes déplacements. Ne pense donc pas que tu peux tout te permettre parce que c'est toi qui paies les factures.

— Mais tu es folle ! s'écria-t-il, les yeux étincelant de rage. Tu n'as pas besoin de travailler et tu ferais bien de t'enlever tout de suite cette idée de la tête. Je te rappelle que tu es enceinte et qu'il te faut du repos, de la tranquillité. Ne sois pas stupide, Sorrel, et aide-moi à faire avancer les choses.

Elle le fixa, éberluée. « Faire avancer les choses » alors qu'il ne manifestait pas la moindre volonté d'apaiser la situation ? Mais à vrai dire, elle-même se laissait déborder par ses sentiments. Comment pouvait-elle réfléchir sereinement quand les émotions que lui inspiraient Reece et le bébé bouleversaient toutes ses pensées ?

— Si tu as vraiment besoin d'une occupation, poursuivit Reece, reprends des cours de yoga, inscris-toi à un club de gym, fais du point de croix, que sais-je encore, mais ne te mets pas dans la tête de travailler. Je vais doubler la somme dont tu disposes et tu pourras employer cet argent à ta guise, tu sais très bien que je n'ai jamais contrôlé tes dépenses. Faisons chacun un effort en attendant la naissance du bébé. Après…

Il haussa les épaules avec lassitude.

— Après, on verra.

Sur ces derniers mots, il se dirigea vers la porte. Le cœur serré d'angoisse, Sorrel fixait sur lui un regard douloureux.

— Que veux-tu dire par « on verra » ?

Sa question resta en suspens : Reece était déjà sorti.

*
* *

Melody accueillit sans grand enthousiasme la nouvelle de la grossesse de Sorrel.

— Dans la situation présente, c'est bien la plus grosse bêtise que vous pouviez faire ! déclara-t-elle au téléphone avec sa franchise habituelle.

Des deux sœurs, Melody avait toujours été la plus prosaïque, la plus réaliste, la plus solide, aussi. Par son énergie, elle avait su se rendre indispensable dans la petite communauté villageoise à laquelle elle appartenait : conduire une demi-douzaine d'enfants du voisinage à l'école, installer une roue de secours sur sa vieille Renault, préparer son pain… elle s'acquittait de toutes ses tâches sans jamais rechigner. Elle était aussi la plus proche amie de Sorrel.

— Cet enfant, je le désire vraiment, Mel. Je sais, tout ne va pas au mieux entre Reece et moi en ce moment, mais nous ferons en sorte de donner à ce bébé tout l'amour dont il aura besoin.

— Mais je n'en ai jamais douté une seconde, ma chérie ! se récria Melody. Il n'empêche que tu n'as pas choisi le meilleur moment. Et Reece, que dit-il de tout ça ?

Sorrel n'osa pas lui avouer qu'ils se parlaient à peine. Pratiquement étrangers l'un à l'autre, ils en étaient réduits à jouer la triste comédie du mariage dans le décor d'une maison de rêve… Cet échec la rendait honteuse, surtout devant Melody, qui vivait heureuse en ménage depuis dix ans avec Simon, un courtier en assurances.

— Reece essaie d'agir pour le mieux, poursuivit Sorrel d'une voix calme.

Elle surprit son reflet sur les portes-fenêtres qui donnaient sur la terrasse. Mon Dieu, qu'elle était mince et pâle… Elle avait l'air d'un fantôme !

— Mais bien sûr ! s'exclama Melody. Son métier l'accapare,

mais d'un autre côté, il a toujours été honnête avec toi. Tu l'as énormément blessé en le quittant, Sorrel. Il est normal qu'il soit encore en colère. Mais tu verras, au bout d'un moment, il se calmera. Il t'aime, tu sais, ma chérie.

— J'aimerais partager ton optimisme… Pour l'instant, je ne vois pas de signe d'amélioration. Le bébé n'arrangera rien…

— Eh bien, si tu n'as pas le moral, tu peux toujours revenir chez nous, tu sais. Daisy et Will n'arrêtent pas de me demander : « Quand est-ce que tante Sorrel revient nous voir, maman ? », ou alors : « Pourquoi n'es-tu pas aussi jolie qu'elle, maman ? »

Attendrie à la pensée de son neveu et de sa nièce, Sorrel éclata de rire.

— Dis-leur que leur tante est peut-être jolie, mais que leur maman est la femme la plus belle et la plus accomplie de toute l'Angleterre.

— Bah, du moment que Simon en est persuadé, je n'ai pas à me plaindre. Mais sérieusement, chérie, tiens bon, et si jamais tu n'en peux plus, tu sais où me trouver, pas vrai ?

Après avoir raccroché, Sorrel téléphona au médecin pour prendre rendez-vous, puis elle appela ses parents, en Australie. Comme elle ne les avait jamais informés de ses problèmes conjugaux, ni même de son récent séjour chez sa sœur, elle s'efforça de leur annoncer la nouvelle sur un ton joyeux, ce qui rendit la conversation encore plus pénible… Devant la joie émue de sa mère, surtout, Sorrel eut toutes les peines du monde à retenir ses larmes. Et que dire de son père, qui envisageait déjà avec enthousiasme de venir l'été prochain rendre visite à ses filles et à ses chers petits-enfants…

Sorrel raccrocha, plus déprimée que jamais.

Reece s'était éclipsé depuis un bon moment maintenant.

30

Du reste, elle ne s'en souciait guère. Comme à son habitude, il devait travailler quelque part, dans leur grande maison. A elle de se trouver une occupation jusqu'au soir. Elle se rappela qu'il lui avait interdit toute activité pendant sa grossesse, mais par défi, elle alla dans sa chambre chercher les dessins de mode qu'elle peaufinait depuis quelque temps déjà. Elle les avait montrés à Nina Bryant, une amie créatrice de prêt-à-porter qui possédait à Chelsea une boutique très à la mode, et celle-ci avait été étonnée par le talent que révélaient ces croquis.

Pendant les cinq années que Sorrel avait travaillé comme mannequin, c'est-à-dire jusqu'à son mariage, elle avait eu le temps de nouer des contacts intéressants dans l'univers de la haute couture. Forte des encouragements de Nina, elle était maintenant bien décidée à utiliser ces relations pour relancer sa carrière.

Par amour-propre, elle avait besoin d'exercer une activité, surtout après les paroles blessantes que Reece avait proférées la veille. Son métier lui donnerait la force de préparer l'arrivée du bébé. De plus, il lui fallait garantir son autonomie financière au cas où la situation entre elle et Reece se dégraderait trop. Il se trompait lourdement en pensant que l'argent et le chantage lui permettraient de la retenir prisonnière auprès de lui : elle préférait manger de la vache enragée plutôt que de rester avec un homme qui ne l'aimait plus. Désormais, plus rien ne la rattachait à lui à part cet enfant.

3.

Assis à son bureau, Reece consultait son agenda surchargé : il prit le téléphone et réserva une table pour deux dans son restaurant préféré, puis il se mit en devoir d'annuler ou de déplacer le plus de rendez-vous possible au cours des semaines suivantes. Sorrel le croyait insensible et égoïste ? Eh bien, il allait lui prouver qu'il savait se montrer disponible et attentionné envers elle. Car la colère n'avait pas réussi à effacer toute l'affection qu'il portait à sa jeune épouse.

Il se faisait du souci pour elle, pour leur enfant. La veille, chez l'avocat, il l'avait trouvée légèrement amaigrie et ses épaules lasses dénotaient une fatigue sourde dont il se sentait responsable. Il lui avait souvent reproché de ne pas prendre assez soin de sa santé. Pour garder sa silhouette gracile et aérienne, elle était astreinte à un régime draconien qu'il désapprouvait. C'était d'ailleurs en partie pour cette raison qu'il l'avait incitée à abandonner sa carrière de mannequin. Ainsi libérée de ses obligations professionnelles, elle avait pu le suivre dans ses voyages. Au cours de leur première année de mariage, il avait adoré lui faire découvrir le monde. Tout cela paraissait si loin, maintenant. Par comparaison avec cette époque bienheureuse, la situation actuelle lui paraissait d'une tristesse infinie.

Le regard de Reece s'arrêta sur un portrait de Sorrel, dans un joli cadre en argent posé sur un coin du bureau.

Il prit la photo et l'observa avec un pincement au cœur, comme chaque fois qu'il la regardait. Il possédait un double de ce cliché dans son portefeuille et pas un jour ne passait sans qu'il le contemplât un instant, quels que soient le lieu et les circonstances. Au cours de ces trois mois de séparation, il n'avait pas dérogé à cette habitude. Quel visage angélique, enchanteur… Ce qu'elle avait de fascinant, surtout, c'était ses yeux en amande dont l'azur étincelait.

Il s'était cru l'homme le plus heureux du monde lorsqu'il l'avait épousée, d'autant plus que ce ravissant mannequin se doublait d'une femme simple, naturelle, drôle, qui n'aimait rien tant que se promener en jean et en T-shirt. Sorrel adorait les randonnées ou les sorties à vélo, et détestait faire du lèche-vitrines. C'était pour cela qu'il n'avait jamais compris ses réticences à le suivre dans ses déplacements.

Sorrel était aussi très émotive. D'ailleurs, ses sautes d'humeur avaient une incidence directe sur son appétit : lorsqu'elle était angoissée ou malheureuse, elle s'alimentait à peine. C'était cela qui inquiétait le plus Reece à présent. Elle devait se nourrir autant pour elle que pour le bébé.

Le bébé… Reece reposa soigneusement la photo et se gratta le menton d'un air pensif. Il allait devenir père… Donc, il allait devoir restreindre son activité professionnelle au cours des mois à venir, voire après la naissance du bébé. Toutefois, il était prêt à faire ces sacrifices. Il n'était pas sûr d'aimer son rôle de père, mais il voulait quand même être présent pour son enfant. Il y avait certainement moyen de trouver un compromis qui les arrangeait tous les trois — lui, Sorrel et le bébé… Cette grossesse imprévue signifiait peut-être qu'il était temps pour lui de mettre un frein à ses ambitions professionnelles pour se consacrer davantage aux siens, à sa famille… Restait à savoir si, pour le bébé, il était capable de cet effort. Ou si la brèche entre Sorrel et lui était si importante qu'elle rendait impossible tout espoir de réconciliation…

— Vas-tu enfin te décider à goûter ce que tu as dans ton assiette ?

Ce dîner en tête à tête dans l'un des restaurants les plus chic de Londres tournait au fiasco. Silencieuse et pensive, Sorrel piquait du bout de sa fourchette en argent la julienne aux asperges dont elle n'avait pas avalé une seule bouchée. Jamais Reece n'avait éprouvé une telle gêne, ni ressenti avec autant d'acuité le regard attentif des serveurs.

Fronçant les sourcils, la jeune femme reposa la fourchette et laissa tomber ses mains sur ses genoux.

— Je n'ai pas faim.

— Tu n'as pas faim ? Ou essaierais-tu plutôt de me mettre mal à l'aise ?

Rageur, il jeta sa serviette sur la table et la fusilla du regard, les lèvres pincées en une moue amère et déçue.

Sorrel leva vers lui des yeux implorants. Pourquoi ne comprenait-il pas qu'elle n'avalait rien de peur d'être malade comme ce matin, dans le bureau de l'avocat ? Avait-il envie de répéter cette scène, en public cette fois ? Elle aurait tellement voulu lui expliquer tout cela pour gagner son pardon, son indulgence.

— Je t'avais dit que nous aurions dû dîner à la maison, fut tout ce qu'elle parvint à dire.

— J'avais pensé que cette soirée nous aiderait à reconstruire un semblant d'union. Le cadre est agréable, la cuisine exceptionnelle. J'espérais juste te voir passer un bon moment, mais apparemment, c'était trop demander.

— Ce n'est pas que je n'ai pas…

— Et tu sembles oublier que nous avons aussi quelque chose à célébrer.

En guise de toast, Reece leva son verre et, avec une ironie consommée, le reposa aussitôt. Ce soir, il n'était vraiment pas d'humeur à apprécier un château-latour…

Sorrel sentit le rouge lui monter aux joues. Et soudain, malgré elle, une bouffée de chaleur l'envahit tout entière, balayant sa tristesse et son angoisse. Inutile de le nier : elle ressentait toujours pour Reece une attirance intense, irrépressible.

— Que devrions-nous célébrer ? Tu ne m'as même pas dit ce que tu pensais du bébé…

De nouveau, le doute et la crainte assaillirent Sorrel. Reece ne lui avait pas fait part de ses sentiments à ce sujet. Depuis ce matin, il s'était limité à des questions strictement matérielles : l'annulation de la procédure de divorce, l'achat d'un test de grossesse, le rendez-vous chez le médecin. Mais cet enfant, le désirait-il vraiment ? Etait-il prêt à sacrifier ses engagements professionnels à ses devoirs de père ?

— Etant donné les circonstances, je ne vois pas en quoi cela devrait t'étonner, répliqua-t-il en détournant les yeux. Nous ne nous sommes jamais posé la question d'avoir des enfants, non ? Je sais que tu aimes beaucoup ton neveu et ta nièce, mais je pensais que tu voulais attendre quelques années avant d'avoir un bébé. Tu n'as que vingt-cinq ans, Sorrel. Je ne t'imaginais pas coincée aussi jeune avec un enfant.

— Coincée ? répéta-t-elle, les sourcils froncés. Et pourquoi donc, je te prie ?

Tout à coup, une bouffée d'optimisme l'envahit. Choisissant ses mots avec soin, elle poursuivit :

— Moi et le bébé, nous pourrions partir en voyage avec toi, n'est-ce pas ? Surtout quand il sera un peu plus grand. Je ne vois pas en quoi le fait de devenir mère m'obligerait à rester cloîtrée à la maison.

— Comme c'est amusant. Tu voudrais m'accompagner avec le bébé alors qu'avant, tu voyais toujours mes déplacements comme un problème, comme une punition.

— Bien sûr ! Quel plaisir aurais-je à faire du tourisme toute seule, pendant que tu travailles ? Au moins, avec le bébé, j'aurai de la compagnie !

Reece se pencha vers la jeune femme et prit entre ses mains son beau visage passionné. Tandis qu'il la contemplait, une vague exquise déferla en lui. Il avait faim d'elle, envie de sentir autour de lui ses longues jambes fuselées, d'assouvir avec elle ce désir qui le consumait.

— Nous étions si bien, ensemble, soupira-t-il. Que nous est-il arrivé ?

Pendant un long moment, Sorrel se laissa envelopper par le regard intense de Reece, brûlant de sensualité. Envahie d'une chaleur délicieuse, elle s'alanguit comme un chat au soleil, ses seins se durcirent sous l'effet d'une sensation délicieuse et impérieuse dont elle avait été privée depuis trois mois. Elle avait soif de ses caresses, du contact de ses mains, de ses lèvres, de son torse musclé pressé contre elle. A cette pensée, un désir charnel, animal et violent s'empara d'elle.

Tremblante, elle serra les jambes pour tenter de contenir son émoi et retrouver un semblant d'emprise sur elle-même. L'espace d'une seconde, les soucis, les blessures, la confusion de ces derniers temps avaient cessé d'exister, vaincus par la tendresse de ce regard ardent. D'un seul coup, Sorrel se sentait bien, en confiance. Ses lèvres esquissèrent un lent sourire.

— Mais je sais que les choses peuvent s'arranger entre nous, même avec un bébé, reprit Reece. Avoue-le, tu ressens bien quelque chose pour moi… Je le vois dans tes yeux.

Le sourire de Sorrel s'évanouit aussitôt. Elle avait eu raison de redouter que Reece ne désire pas cet enfant : « même avec un bébé », avait-il dit. Aussitôt, le plaisir que lui avait procuré son geste tendre s'envola, cédant la place à cette tristesse dévastatrice désormais si familière.

Elle se dégagea d'un geste brusque.

— Pourquoi dis-tu ça ? Elle t'embête, cette grossesse, avoue-le ! Tu n'as pas envie de ce bébé, je le savais, je le savais ! Tout ce que tu veux, c'est te servir de cet enfant contre moi !

Le regard de Reece sembla se couvrir d'une chape de glace.

— Ce que tu racontes est tellement ridicule que je n'y répondrai même pas, répliqua-t-il, cinglant.

Puis, il fit signe au garçon de leur apporter l'addition. Leur soirée était terminée avant même d'avoir commencé…

Sorrel se leva, le cœur battant à tout rompre. C'était sa faute. Elle aurait dû se taire, ne pas proférer une accusation aussi cruelle. Mais à quoi bon regretter : ce qui était dit était dit. Et puis, Reece n'avait pas cherché à la rassurer… Oh, pourquoi fallait-il qu'ils se disputent justement au moment où le courant passait de nouveau entre eux !

Elle fit quelques pas mais Reece se leva et lui saisit le bras. Au contact de ses doigts d'acier autour de son poignet frêle, elle sentit son cœur s'arrêter.

— Où vas-tu ? demanda-t-il d'une voix basse et furieuse.

— Eh bien… aux toilettes.

La fixant d'un regard dur, il lui lâcha le bras.

— Dépêche-toi. On s'en va tout de suite après.

Cette soirée était un véritable désastre… A l'image de leur mariage, en fait. Reece se rassit et but une longue gorgée de vin, tout en se disant qu'il aurait préféré un alcool beaucoup plus fort. Que n'aurait-il donné pour alléger le poids qui écrasait sa poitrine… Il aurait tellement voulu croire que l'échec de leur mariage n'était pas irrémédiable, il avait tellement voulu rêver à une seconde chance… Mais cette espérance semblait de plus en plus dérisoire. Et qui souffrirait le plus de leur mésentente, sinon leur enfant innocent ?

Pourtant, Reece était toujours résolu à retenir Sorrel auprès de lui, qu'elle le veuille ou non. Elle finirait bien par comprendre qu'il ne pouvait pas esquiver ses responsabilités vis-à-vis d'elle et de l'enfant. Sorrel n'avait pas le droit de soustraire le bébé à la nécessaire protection de son père, et dans les circonstances présentes, un divorce était hors de question. Ils étaient tous les deux embarqués dans cette aventure, et ils la vivraient ensemble jusqu'au bout.

— Reece, *mi querido* ! Quelle merveilleuse surprise !

Il redressa la tête en direction de la voix chantante au délicieux accent espagnol. Une élégante femme brune au parfum capiteux lui souriait.

Aussitôt, il se leva et l'embrassa sur les joues avec un empressement affectueux.

— Angelina ! Quel plaisir de vous voir. Vous êtes plus belle que jamais !

Angelina Cortez était une diva à tous les égards. Reece avait assuré la promotion de presque tous ses concerts aux Etats-Unis et en Europe et, souvent, elle avait failli le rendre fou par ses exigences incessantes. Mais qui aurait pu lui résister ? Elle avait une voix d'ange qui faisait fondre les cœurs les plus secs et avait conquis les publics du monde entier.

— Que faites-vous à Londres ? Je vous croyais en vacances pour quelques mois avec votre petit Emmanuel, dit-il.

— Oui, en effet. Emmanuel et moi revenons d'un voyage absolument superbe ! Nous sommes arrivés de Milan hier seulement. Et vous ? Vous dînez avec une cliente, ou s'agit-il d'une de vos rares soirées de liberté, *querido* ? Vous travaillez trop, je l'ai toujours dit. Même si je n'ai pas à m'en plaindre !

— Je suis venu dîner avec Sorrel, ma femme.

Tout en souriant, Reece risqua un coup d'œil par-dessus l'épaule de la cantatrice, vers les toilettes pour dames, au fond du restaurant. Pourquoi Sorrel tardait-elle autant ?

— Votre femme ? Cette blonde et délicate personne avec de magnifiques yeux bleus ? Vous voyez que je me souviens d'elle ! Comme j'aimerais faire sa connaissance... Nous devrions dîner tous ensemble, un de ces soirs, ne pensez-vous pas ?

— Euh, oui, je suis sûr que Sorrel serait ravie.

— D'ici là, il faut que nous déjeunions tous les deux, Reece. Mon agent m'a contactée ce matin, il souhaiterait organiser une autre tournée aux Etats-Unis, avec quelques concerts en Europe. Il va de soi que vous serez mon impresario, comme d'habitude. Je vous passe un coup de fil dans quelques jours, d'accord ? Je séjourne au Dorchester, nous pourrions réserver une table là-bas.

Etant donné la grossesse de Sorrel, Reece était réticent à s'engager sur un projet aussi ambitieux, mais le moment était mal choisi pour le dire à Angelina. A la faveur d'un repas, il lui expliquerait la situation et lui présenterait ses excuses.

Il regarda de nouveau vers les toilettes. Qu'est-ce qu'elle pouvait bien fabriquer ?

— J'attends votre coup de fil, dit-il en souriant à la ravissante cantatrice

— *Adios, querido.* Au plaisir de vous revoir !

Sorrel vit Reece embrasser sur les joues une jeune femme brune absolument superbe. Elle se figea sur place, reconnaissant Angelina Cortez, la célèbre cantatrice. L'année précédente, Reece avait dû s'absenter pendant des semaines entières pour suivre cette femme dans sa tournée mondiale. Pendant cette interminable séparation, Sorrel n'avait eu droit qu'à de brefs coups de fil quotidiens, certains d'une minute à peine : à Angelina les égards, à elle la solitude... A croire que cette séparation n'avait pas vraiment pesé à Reece. Mais fallait-il s'en étonner, devant la beauté et l'élégance d'une telle diva ? A cette pensée, une jalousie intense mordit le cœur de Sorrel.

Les genoux tremblants, elle attendit qu'Angelina s'en aille pour rejoindre Reece.

— Est-ce que tout va bien ? demanda-t-elle en s'avançant lentement vers lui.

Les sourcils froncés, il la fixa d'un regard perçant.

— Oui.

Sorrel haussa les épaules et prit le châle de cachemire noir qu'elle avait posé sur le dossier de sa chaise.

— Alors, dans ce cas, allons-nous-en.

**
*

— Je te sers quelque chose ?

Devant le mini-bar, Reece desserra nerveusement sa cravate et laissa tomber sa veste sur le canapé. Sorrel n'avait pas prononcé une parole depuis qu'ils étaient sortis du restaurant. A quoi jouait-elle donc ? A torpiller ses tentatives de réconciliation ? Si c'était le cas, elle était en passe d'y parvenir : malgré tous ses efforts pour se contrôler, il bouillait d'exaspération. A vrai dire, il aurait même préféré un caprice à ce silence entêté et glacial. Cette étrangère hautaine et froide n'avait rien à voir avec la jeune femme vive et affectueuse qu'il avait épousée. Dans cette robe noire d'une élégante simplicité, avec sa peau d'une blancheur lunaire et ses cheveux blond pâle, elle avait l'air d'une lointaine princesse de conte de fées, attendant le baiser d'un hypothétique prince charmant.

— Non merci. Je crois que je vais me coucher tout de suite.

— Seule ? demanda-t-il, les yeux brillants.

Elle eut l'air étonné.

— Comprends-moi, Reece, supplia-t-elle d'une voix douce. Je ne suis pas encore prête à... à partager mon lit avec toi.

Sa fragilité avait quelque chose de désarmant. Bien que blessé au vif par ce refus, Reece soupira.

— Bon. Eh bien, va te coucher, Sorrel. A demain.

Il se versa un grand verre de whisky et en but une longue gorgée. Tandis que l'alcool traçait une route de feu vers son estomac, il se rendit compte qu'il n'avait jamais été autant déprimé, pas même lorsque Sorrel l'avait quitté. A présent, devant la lente agonie de leur mariage, tout lui semblait si artificiel, si vain... Il avait tellement de mal à donner le change, à continuer à vivre comme d'habitude alors qu'il se sentait épuisé.

— Au fait, c'est avec Angelina Cortez que tu discutais, tout à l'heure ?

Il pivota sur ses talons et lui lança un regard surpris et méfiant.

— Tu nous as vus ? Alors, pourquoi n'es-tu pas venue lui dire bonjour ?

Sorrel détourna le regard en rougissant.

— Vous aviez l'air de vous passer très bien de moi, s'efforça-t-elle de répondre sur un ton dégagé. A-t-elle un projet de tournée ?

Reece avala une autre gorgée de whisky.

— C'est possible. Pourquoi me demandes-tu cela ?

Sorrel serra son châle sur sa poitrine.

— Bien sûr, n'oublie pas de me dire si tu repars pour plusieurs mois... surtout maintenant, avec le bébé qui va arriver.

— Ne t'inquiète pas, je n'oublierai pas.

A quoi bon se lancer dans des explications ? se dit Reece. Il sentait qu'elle n'était pas disposée à le croire et qu'elle allait tout interpréter de travers.

Emportée par le chagrin qui lui étreignait le cœur, Sorrel ajouta :

— Si je me souviens bien, elle est veuve, n'est-ce pas ? Elle doit apprécier la cour que tu lui fais lorsque vous êtes tous les deux en voyage.

Le cœur battant à tout rompre, elle se prépara aussitôt à la réponse cinglante de Reece. Celle-ci ne se fit pas attendre.

— Moi, lui faire la cour ? Mais tu es devenue folle ! J'assure la promotion de ses concerts, c'est tout ! D'ailleurs, ajouta-t-il avec une moue dédaigneuse, tu le saurais si tu m'accompagnais dans mes déplacements, comme le ferait une bonne épouse.

Les yeux noyés de larmes, Sorrel sortit de la pièce en courant.

4.

Sorrel faisait un rêve. Ou plutôt un cauchemar. Main dans la main, Reece et Angelina Cortez ricanaient en la regardant pleurer, écrasée de chagrin et d'angoisse, tenaillée par une douleur aiguë qui déchirait ses entrailles. Elle avait mal, si mal…

— Mauvaise épouse ! Tu es une mauvaise épouse ! répétait Reece, la bouche grimaçante et le regard noir.

— Non, non, non ! gémissait-elle. Donne-moi une autre chance, Reece, s'il te plaît. J'essaierai de te rendre heureux, je te le promets !

Saisie par un élancement douloureux, Sorrel se réveilla haletante, le front moite et le corps baigné d'une sueur froide. Sa nuisette de coton blanc collait désagréablement à sa peau. Elle essaya de se redresser : aussitôt, une douleur fulgurante la terrassa. Pantelante, elle s'effondra sur l'oreiller.

Elle rejeta les draps et étouffa un cri d'horreur : ce qui mouillait sa peau, ce n'était pas de la sueur, c'était du *sang* ! Le bébé… Elle était en train de perdre le bébé ! Tremblant comme une feuille, elle appuya les mains sur son ventre.

Inutile de crier à l'aide : Reece dormait à l'autre bout de la maison, il ne l'entendrait sûrement pas. Il fallait donc se lever, essayer de gagner le couloir. Terrifiée par la longue traînée rouge qui maculait ses jambes blanches, Sorrel coinça la nuisette entre ses cuisses et boitilla jusqu'à la porte.

— Reece !

Courbée en deux, elle tenait la poignée d'une main et, de l'autre, serrait convulsivement sa chemise de nuit. Une panique hystérique s'emparait d'elle.

— Reece, viens ! gémit-elle. Mon Dieu ! Aide-moi, je t'en supplie !

Réveillé en sursaut, Reece se redressa d'un bond sur son lit. Un cri. Il était sûr d'avoir entendu un cri de détresse. Le cœur battant à tout rompre, il écouta le silence. Dans l'obscurité résonna un long gémissement entrecoupé de faibles sanglots, comme ceux d'un enfant. *Sorrel* ! Il bondit hors du lit et se précipita dans le couloir.

Il s'arrêta sur-le-champ à la vue d'un spectacle qui lui glaça le cœur.

Du sang. La nuisette de Sorrel était rouge de sang. Sa femme, blessée. Qu'était-il arrivé ? Avait-elle trébuché, était-elle tombée dans le noir ? Ou alors… Non. Mon Dieu, faites que ce ne soit pas ça. Pas l'enfant. Pas leur enfant.

— Ma chérie, dis-moi ce que tu as. Où as-tu mal ? Réponds-moi, je t'en prie.

Pliée en deux par la souffrance, la jeune femme continuait de gémir, son poing aux jointures blanchies s'agrippait à la porte. Saisi d'un frisson glacé, Reece ferma les yeux. Sorrel était en train de perdre le bébé.

Un nouveau cri le tira de sa stupeur hébétée. Il fallait agir vite. Avec mille précautions, il porta la jeune femme jusqu'à son lit, puis il l'allongea et s'assit à côté d'elle. Sorrel était secouée de petits sanglots angoissés et ses mains, qu'il tenait dans les siennes, avaient la froideur de la mort.

— Chérie, je vais te conduire à l'hôpital. Je ne vais pas appeler une ambulance parce qu'elle mettrait trop de temps pour arriver. Tout ira bien, mon ange. Je te le promets. Attends, laisse-moi enrouler ceci autour de tes épaules, dit-il en l'enveloppant tendrement d'une couverture.

Il lui effleura le visage d'une légère caresse et la prit de nouveau dans ses bras.

— Est-ce que je vais mourir, Reece ? dit-elle d'une petite voix tremblante. Tout ce sang… J'ai peur.

Il resserra son étreinte.

— Tu ne vas pas mourir, Sorrel. Je t'interdis de dire ça, tu m'entends ? Je t'emmène tout de suite à l'hôpital et tout ira bien ensuite. D'accord ?

Les yeux mi-clos, brisée par une nouvelle vague de douleur, Sorrel aurait voulu croire à la fermeté rassurante de Reece, mais elle savait qu'il se trompait : ensuite, rien n'irait bien. Plus jamais.

Dans la solitude tranquille d'une chambre d'hôpital, Sorrel laissait errer son regard au plafond, évitant de penser à la terreur et à la douleur qu'elle venait d'endurer. Cette pièce à la blancheur clinique lui rappelait la salle du dentiste, mais sans la magnifique affiche qu'elle aimait regarder pendant qu'elle se faisait soigner les dents : une plage de sable blanc, baignée d'une mer turquoise. Sorrel n'avait qu'à poser les yeux sur cette affiche pour s'évader dans le rêve. Aussitôt, elle s'imaginait allongée sur une plage des Caraïbes, à l'ombre des cocotiers, savourant les parfums des alizés… et la séance passait sans qu'elle s'en aperçoive.

Sorrel aurait aimé se perdre en rêveries, redevenir cette jeune fille insouciante dont Reece était tombé éperdument amoureux, mais les épreuves de ces derniers temps avaient usé son cœur. Quant à pleurer… Les larmes qu'elle aurait tant voulu verser étaient endiguées par les puissants calmants qu'on lui avait administrés. Elle se mordit la lèvre inférieure. Pour l'heure, le sommeil semblait le meilleur refuge.

Elle ferma les yeux et sombra bientôt dans de paisibles ténèbres.

Ils venaient de côtoyer la mort. Hagard et accablé, Reece contemplait son reflet dans le miroir fêlé des toilettes de l'hôpital. Il avait du mal à reconnaître ce visage pâle et défait, aux traits tirés. C'était le visage d'un homme qui revenait de loin : Sorrel avait perdu l'enfant, elle avait failli perdre sa propre vie. Lui-même s'était senti mourir.

Pendant le trajet vers l'hôpital, la souffrance et les cris de Sorrel l'avaient mis à la torture. A leur arrivée, elle avait perdu tellement de sang… La précipitation et les paroles brèves des urgentistes l'avaient jeté dans une angoisse proche de l'anéantissement. Il ne se rappelait plus combien de temps il avait attendu, au comble du désespoir, l'issue de l'opération.

Tout était sa faute. Il n'aurait pas dû lui imposer ce dîner raté. Pas plus qu'il n'aurait dû exercer ce chantage pour la retenir auprès de lui. Il n'avait jamais été là pour elle, alors qu'elle avait eu tant besoin de lui, de sa présence, de son attention… Besoin de se sentir aimée, tout simplement.

Sa gorge se serra et ses yeux se mouillèrent de larmes brûlantes. Reece n'avait pas pleuré depuis l'âge de quatorze ans, lorsqu'il avait appris la mort de sa mère, emportée par un cancer. Depuis lors, il avait bâillonné son cœur pour ne plus jamais s'exposer à pareille souffrance. Il avait même fini par se croire invulnérable… Mais cette nuit, en quelques heures, il s'était rendu compte à quel point il était resté fragile.

Sa vue se brouilla sous l'assaut des larmes mais, saisi par la honte, il inspira profondément et se frotta les yeux. L'heure n'était pas à la sensiblerie : après le traumatisme que Sorrel venait d'endurer, elle avait besoin d'un soutien fort et attentif.

D'un pas décidé, il retourna dans le couloir saturé de l'odeur des médicaments. Cette fois-ci, il fallait qu'il se montre à la hauteur de ses responsabilités.

Sorrel dormait à poings fermés. Assis à côté du lit, Reece contemplait en silence son visage pâle comme une lune d'hiver. Dieu merci, elle n'était plus sous perfusion et la chambre était débarrassée de cet arsenal médical effrayant. Du coup, les lieux semblaient vides. L'ameublement, d'une austérité monacale, se limitait à un lit, une chaise grise et un vieux casier jauni. Comment Sorrel pourrait-elle recouvrer la santé dans un environnement aussi déprimant ? Dès qu'il aurait l'aval du chirurgien, Reece la ramènerait à la maison. D'un autre côté, il savait tout ce qu'il devait à l'équipe médicale. C'était grâce à elle que Sorrel était en vie. De plus, elle avait le privilège de disposer d'une chambre particulière : après les événements traumatisants de la nuit, ils pourraient se retrouver et parler sans témoins gênants.

La jeune femme ouvrit enfin les yeux et se tourna vers lui. Son regard fatigué trahissait une angoisse telle que Reece en fut bouleversé.

— Bonjour, dit-elle d'une voix douce et rauque qui le fit frissonner.

Du pouce, il lui caressa le dos de la main et elle ouvrit le poing avec la lenteur d'un bouton de rose qui s'épanouit. Elle lui avait rarement paru aussi ravissante, malgré le pli triste à la commissure des lèvres, les cernes mauves, la pâleur maladive. Il aurait voulu l'embrasser, caresser sa peau délicate mais, craignant qu'elle ne le repousse, il refoula son désir.

Avec un sourire, il se pencha vers elle :

— Comment te sens-tu, ma chérie ?

— J'ai mal.

Le cœur de Reece se serra douloureusement.

— Je sais, ma chérie. Si tu savais comme je voudrais souffrir à ta place… Tu es si forte, Sorrel, si courageuse… Aussitôt après avoir vu le médecin, je t'emmènerai dans un endroit beaucoup plus agréable où tu seras plus à l'aise pour te reposer.

Sorrel le considéra avec attention et un long frisson douloureux la parcourut. Dans le sourire de Reece, elle devinait un océan de tourments. Les cernes, le visage blafard, les rides qui encadraient sa bouche trahissaient un chagrin désespéré. Il prenait sur lui pour sourire, elle le savait, et elle lui en était reconnaissante.

Pourtant, l'inquiétude de Sorrel n'était pas totalement dissipée. Sans le bébé, tout rentrait dans l'ordre pour Reece : il pouvait retourner à son travail, à ses clients. De là à penser que cette fausse couche le soulageait secrètement…

— Il va falloir que je m'en aille ? demanda-t-elle en fronçant les sourcils. Je suis pourtant bien, ici.

C'était faux, et Reece le voyait bien. Troublé, il se demanda pourquoi elle refusait tout ce qui pouvait s'apparenter à du réconfort.

— Tu n'es pas responsable de ce qui s'est passé, Sorrel. Nous ne saurons jamais pourquoi c'est arrivé. Peut-être que ton corps n'était pas prêt pour cette grossesse… Que sais-je ? A quoi bon se tourmenter ? Tu as besoin de soins et de repos. Ensuite, lorsque tu seras rétablie, nous partirons en vacances un mois ou deux, quelque part au soleil. Pour prendre du bon temps, et un nouveau départ.

— Par « nouveau départ », tu entends oublier le bébé ? Faire comme si rien n'était arrivé ?

— Je n'ai jamais dit cela !

— Nous aurions dû divorcer, Reece. Nous aurions dû mener à bien les formalités et en finir une bonne fois pour toutes. Ce bébé, tu n'en voulais pas. D'ailleurs, tu ne voulais même pas de moi. Tu étais furieux que je t'aie quitté, c'est tout. La seule chose qui ait jamais compté pour toi, c'est ta carrière. Ta carrière et tes aventures dans le beau monde, avec des femmes comme Angelina Cortez. Mais le mariage, les enfants, tu t'en es toujours fichu.

Sorrel ne savait plus ce qu'elle racontait. Des pensées incohérentes se bousculaient dans son esprit, emportées par un torrent de rage qui la dévastait plus encore que la douleur physique. Quelqu'un devait payer pour les souffrances qu'elle endurait. Depuis qu'elle avait épousé Reece, le destin n'avait cessé de s'acharner contre ce qu'elle avait appelé de tous ses vœux : un mariage réussi, une famille aimante et unie, des enfants. Pourquoi ? Parce qu'elle s'était trompée en jetant son dévolu sur cet homme. Ce mariage n'était qu'une gigantesque erreur. Les événements de la nuit dernière en étaient la preuve parfaite.

Reece la dévisageait, stupéfait. Elle détourna les yeux.

— Tu penses que je souffre moins que toi, sans doute ? répliqua-t-il après un court silence. Sorrel, je t'en prie, regarde-moi.

Lentement, à contrecœur, elle leva un regard hésitant vers lui.

— Hier seulement, j'ai appris que nous allions avoir un enfant. Oui, j'avoue que cette nouvelle m'a fait un choc, un choc énorme. Et puis, ce malheur qui nous arrive… Crois-tu que je sois un monstre au cœur de pierre ? Comme toi, je suis anéanti par ce qui se passe. Par ce qui *nous* arrive.

Il secoua la tête avec une expression douloureuse. Il se leva et fit quelques pas dans la chambre.

— Je désirais cet enfant, reprit-il. Je voulais que tu me donnes la chance d'être un meilleur mari et d'être un bon père. Comment te convaincre que ma carrière n'est plus une priorité pour moi ? Nous formons un couple, Sorrel, et je refuse de te voir te complaire dans le chagrin. Tu n'es pas seule face à ce cauchemar. Je reste à tes côtés, tu peux compter sur moi.

Il revint s'asseoir à côté du lit et la contempla avec tendresse.

— Je sais que tu traverses une terrible épreuve, mais je te promets que les choses vont s'arranger. Bientôt, tout ira mieux, ma chérie, tu me crois, n'est-ce pas ? Souviens-toi, nous sommes ensemble pour le meilleur et pour le pire. Tu m'entends, Sorrel ?

— Bonjour, madame Villiers. Comment ça va, ce matin ?

Le chirurgien venait d'entrer, accompagné d'un autre docteur et d'une infirmière. Reece s'éloigna du lit à contrecœur. Malgré cette interruption, il espérait avoir convaincu Sorrel de son amour et de son dévouement. De son côté, il était absolument déterminé à la soutenir, quoi qu'il arrive.

Une semaine plus tard, de retour à la maison, Sorrel se rétablissait lentement. A son grand désarroi, les symptômes de la grossesse n'avaient pas disparu après la fausse couche. Le médecin de l'hôpital lui avait bien dit de ne pas s'inquiéter, parlant d'adaptation biologique normale, mais en lui rappelant à chaque instant le bébé qu'elle avait perdu, ces maux de cœur, ces envies de dormir ou de pleurer ravivaient sa douleur.

La présence de Reece n'arrangeait rien, au contraire. Même s'il l'avait assurée qu'ils étaient ensemble « pour le meilleur et pour le pire », Sorrel n'aurait jamais pensé qu'il négligerait son travail aussi longtemps pour rester auprès d'elle. La situation, certes exceptionnelle, n'expliquait pas tout… D'autant plus qu'en une semaine, ils avaient échangé à peine quelques paroles. De ce silence, toutefois, elle était en grande partie responsable puisqu'elle se murait dans le mutisme chaque fois qu'il s'approchait d'elle. Mais lui, de son côté, ne semblait pas s'en formaliser. Parfois, il venait lui demander si elle avait besoin de quelque chose, fermait les fenêtres pour éviter les courants d'air, lui apportait un magazine, un sandwich, une tasse de thé ou de café, mais le reste du temps, il la laissait seule avec ses pensées.

Combien de temps cette mascarade allait-elle durer ? Sous cette chape de silence, Sorrel étouffait. Elle en venait presque à regretter leurs disputes d'antan. Avec un peu de chance, Reece allait bientôt lui annoncer qu'il en avait assez de jouer à l'infirmière et qu'il reprenait son travail. Elle lui pardonnait d'avance, comprenant qu'il préfère la compagnie de véritables femmes à celle d'une triste statue de marbre.

— Que dirais-tu d'une petite promenade, ma chérie ?

Sorrel frissonna. Elle lâcha le rideau de la fenêtre et se retourna. Elle avait toujours aimé la voix de Reece : une voix profonde et douce, veloutée, envoûtante, qui lui donnait l'envie de se réfugier dans ses bras. Elle aurait tant voulu se blottir contre lui pour ne plus souffrir. Mais au lieu de cela, arborant un masque d'indifférence, elle haussa les épaules.

— Où ?

« Seigneur, qu'elle est mince ! », songea Reece en parcourant d'un œil inquiet la maigre silhouette vêtue d'un cardigan beige et d'une jupe de lin. Sorrel devait encore avoir perdu du poids. Quoi d'étonnant ? Elle ne mangeait quasiment rien depuis une semaine.

— Je pensais que nous pourrions nous promener dans les jardins de Kensington. Rien de bien fatigant, pour commencer. Te sens-tu d'attaque ?

Elle le contempla longuement, comme hypnotisée. Ce pull de laine gris et ce jean noir lui allaient à ravir, ils mettaient en valeur sa carrure athlétique... Son regard s'attarda sur les reflets mordorés qui jouaient dans ses cheveux blonds, puis sur ses lèvres délicieuses, relevées en un sourire hésitant. Et tandis qu'elle le regardait, ses résistances vacillaient...

— Bon, d'accord, finit-elle par répondre. De toute façon, je ne supporte plus de rester enfermée toute la journée dans cette maison.

Elle avait dit oui ! Reece n'en croyait pas ses oreilles. Aussitôt, une espérance ténue fit palpiter son cœur.

— Formidable. Mais tu devrais enfiler un jean et des bottes. Il y a eu des ondées toute la matinée et nous risquons de marcher dans la boue.

— D'accord.

Elle glissa une mèche derrière son oreille et esquissa un timide sourire. Reece la regarda sortir de la pièce et poussa un long soupir de soulagement. Les jambes soudain faibles, il se laissa tomber dans un fauteuil de cuir rouge.

5.

Les mains dans les poches de sa veste, Sorrel promenait un regard vague sur les cygnes et les canards qui s'ébrouaient dans le lac de la Serpentine, dans les jardins de Kensington. Le temps était à la pluie. Le ciel gris, d'une lourdeur cotonneuse, faisait peser sur son âme une sourde tristesse.

Ils s'arrêtèrent tous les deux devant le lac, le regard perdu. Autour d'eux, le babillage et les cris joyeux des enfants exacerbaient leur chagrin.

— Quand penses-tu reprendre ton travail ?

Reece lança un coup d'œil furtif à sa femme et haussa les épaules.

— Je ne suis pas pressé de reprendre mes activités, Sorrel. De toute façon, en mon absence, mon équipe prend le relais, tu le sais bien. Je te consacrerai tout le temps dont tu auras besoin.

La jeune femme restait immobile, comme perdue dans ses pensées.

— C'est bien ça, le problème, Reece, dit-elle enfin. Je n'ai pas besoin que tu t'absentes de ton travail à cause de moi. Je suis malheureuse et je te rends malheureux. C'est un cercle vicieux. Au moins, si tu travaillais, tu pourrais penser à autre chose qu'à... à tout ça.

Sorrel avait failli dire « à tout cet enfer », mais elle s'était retenue à la dernière seconde, déchirée par une vive douleur. Allons, il fallait continuer à vivre. Se raccrocher à l'espoir qu'un jour, toute cette histoire serait du passé. Il fallait le croire… Sinon, elle n'avait plus qu'à aller se coucher et à mourir. Oui, un jour viendrait où sa vie serait de nouveau normale, où elle pourrait envisager avec sérénité ce qui lui était arrivé.

— Sorrel, je te l'ai dit et je te le répète, nous sommes sur le même bateau. Pourquoi devrais-je penser à autre chose qu'à toi ?

— Tu ne voulais pas du bébé.

— Seigneur ! Arrête de dire ça !

Reece serra les poings, profondément blessé. Au bout de plusieurs secondes, il parvint enfin à apaiser la colère qui bouillonnait en lui, sans toutefois l'éteindre complètement. En désespoir de cause, il se dit que seul le chagrin expliquait les propos de Sorrel. Il fallait qu'elle s'en prenne à quelqu'un. Elle avait besoin d'un exutoire à l'injustice dont elle était victime, et comme cette terrible aventure était survenue en pleine crise conjugale, il n'y avait rien d'étonnant à ce qu'elle rende son mari coupable de tout.

Par quels mots pouvait-il la rassurer ? Comment lui dire qu'il ne voulait lui faire de la peine pour rien au monde ? Gêné par l'innocent vacarme des enfants, il ramassa une pierre et la lança vers le lac : le caillou rebondit trois fois sur la surface verte et terne avant de plonger.

— Quoi que tu dises, reprit-elle, je pense que tu devrais reprendre ton travail, c'est tout. D'ailleurs, je vais moi-même me consacrer à certaines activités.

— Ah bon ? Quelles « activités » ?

— Eh bien, j'ai envie de me remettre au travail. Pas en

tant que mannequin, s'empressa-t-elle d'ajouter devant le froncement de sourcils de Reece. Il y a quelque temps, j'ai réalisé des croquis de mode que Nina Bryant a beaucoup aimés. Je connais pas mal de monde dans le milieu de la mode et je pense que ça pourrait marcher si je m'y consacrais à fond.

Reece hésita, partagé entre sa crainte de lui faire de la peine et sa réticence à l'idée de la voir reprendre le travail. Après tout, Sorrel était encore sous le choc des événements et il redoutait qu'elle ne se relève pas d'une nouvelle déconvenue si ce nouveau projet n'aboutissait pas. Surtout, il ne voulait pas qu'elle néglige leur priorité commune : la survie de leur couple.

— Je ne pense pas que le moment soit bien choisi pour reprendre une activité professionnelle, Sorrel. Je me disais que nous pourrions partir quelque part, dans l'Algarve, par exemple. Je t'en avais déjà parlé, d'ailleurs. A cette époque, il n'y fait pas encore trop chaud, nous pourrions passer du temps ensemble, nous reposer…

— Mais je n'ai pas envie de me reposer, ni de réfléchir, ni de broyer du noir ! Tu ne comprends donc pas ? J'ai besoin de me trouver une occupation. Je ne veux pas partir en vacances, Reece. Sinon, je serais déjà retournée en Australie, chez mes parents. Tu sais qu'ils ont envie de me revoir.

Sauf que Sorrel n'avait pas encore trouvé le courage de leur apprendre ce qui lui était arrivé. De même qu'elle n'avait pas souhaité retourner chez Melody, malgré les invitations insistantes de celle-ci. Elle savait que le chagrin de ses proches augmenterait le sien.

— Et nous deux, alors ? demanda-t-il.

Sorrel lui jeta un coup d'œil. Reece s'était tourné vers elle et la regardait avec fixité, un muscle jouant sur sa mâchoire.

Elle perçut l'inexorable tension qui montait en lui et qui menaçait à tout instant d'exploser.

— Nous ?

— Ne penses-tu pas que cela nous ferait du bien de partir ensemble en vacances ? De prendre le temps de réfléchir à notre avenir ?

Le cœur de Sorrel bondit dans sa poitrine. Il lui avait pourtant assuré qu'ils resteraient ensemble, pour le meilleur et pour le pire… Avait-il déjà changé d'avis ?

— Je ne m'opposerai pas au divorce, si c'est ce que tu veux dire, répliqua-t-elle d'un ton glacial.

— Au nom du ciel, qui parle de divorce, à part toi ? Je t'ai déjà dit que je resterai à tes côtés le temps qu'il te faudra pour recouvrer la santé. Nous allons nous en sortir ensemble, comme nous aurions dû le faire dès le départ quand les choses ont commencé à se dégrader entre nous. Tu m'entends ?

Sorrel baissa la tête, intimidée par l'accent impérieux de la voix de Reece et par l'expression irritée de son visage aux traits fins. C'était décidément plus fort qu'elle : elle ne cessait de l'exaspérer ces jours-ci. Inexorablement, elle détruisait ce qu'elle avait de plus cher au monde : l'amour de son mari. Réprimant un soupir, elle enfonça ses mains glacées dans ses poches et reprit sa promenade.

— Sorrel !

Elle s'arrêta et se retourna, le regard absent. Soudain, elle se prit à regretter que tout fût ainsi plongé dans un froid mortel : les jardins, son corps, sa vie.

— Excuse-moi, lâcha-t-il. Je ne voulais pas te faire de la peine, j'essaie seulement de te convaincre que je suis de ton côté. Je veux t'aider, Sorrel. Jamais je ne t'ai vue aussi triste… Si tu savais l'effet que ça me fait…

— Mais je vais bien, Reece, je t'assure !

Tête baissée, elle grimaça un sourire timide.

— Tu mériterais une meilleure épouse, c'est tout.

— Je t'interdis de dire ça !

— Je ne t'attire que des ennuis…

— Pourquoi parles-tu comme cela, Sorrel ? N'avons-nous pas assez souffert ?

Avec tendresse, il ramena derrière son oreille une boucle qui barrait son front.

— Tu devrais peut-être voir un psychologue, ma chérie.

Sorrel secoua la tête. D'un air dubitatif, elle leva les yeux et rencontra le regard tourmenté et aimant de Reece.

— Je sais que tu veux m'aider, mais je ne me sens pas encore prête à parler de tout ça à un étranger.

— Bien. Pas de problème, ma chérie.

Avec un petit sourire, il dessina du bout des doigts le contour de la bouche de Sorrel.

— Lorsque tu seras prête, tu recevras toute l'assistance dont tu auras besoin. D'ici là, tu peux compter sur moi vingt-quatre heures sur vingt-quatre, sept jours sur sept. Compris ?

Emue par sa gentillesse, Sorrel se sentit fondre de tendresse. Elle prit doucement la main de Reece et, le sentant tressaillir de surprise et de joie, elle accentua son étreinte.

— Pourrions-nous marcher encore un peu ?

— Bien sûr… Du moment que tu n'es pas fatiguée.

Pour la première fois depuis des jours, Reece respirait plus librement. Il reprenait goût à des plaisirs innocents comme, par exemple, se promener main dans la main avec sa femme…

*
* *

Une semaine plus tard, malgré cette fragile embellie, leur situation n'avait guère évolué : ils continuaient de faire chambre à part et Sorrel restait murée dans le silence et la solitude. Aussi, lorsque Reece décrocha le téléphone, un soir qu'il travaillait dans son bureau, il fut heureux d'entendre la voix aux tonalités exotiques de la belle Angelina Cortez.

— Reece, *mi querido* ! J'ai essayé de vous joindre à l'agence mais on m'a dit que vous étiez en congé. Si vous saviez comme je suis contente de vous avoir au bout du fil ! Je voulais vous demander si vous étiez toujours d'accord pour déjeuner avec moi. Demain, à 13 heures, ça vous irait ? Oh, s'il vous plaît, ne dites pas non…

« Pourquoi pas ? », songea-t-il en se massant distraitement la nuque. Après tout, Sorrel avait déjà décliné son invitation à déjeuner dans un restaurant « nouvelle cuisine ».

— D'accord pour 13 heures au Dorchester, Angelina. Je serai très heureux de déjeuner avec vous.

— A propos, avez-vous réfléchi à la proposition que je vous ai faite, concernant l'organisation de ma tournée ?

En temps normal, Reece se serait lancé dans l'aventure sans hésiter, mais à présent, la santé de Sorrel le préoccupait tellement qu'il doutait de sa capacité à assumer un projet aussi important.

— Nous en parlerons demain, si vous voulez bien, Angelina, se contenta-t-il de répondre sans enthousiasme.

Immobile devant la porte du spacieux bureau de Reece, Sorrel, qui s'apprêtait à frapper, laissa retomber sa main et fronça les sourcils. *Reece allait déjeuner demain avec Angelina Cortez…* Ils devaient également s'entretenir de quelque chose, mais de quoi ? Cela, elle aurait donné cher pour le savoir.

Depuis qu'elle avait perdu le bébé, elle se faisait encore plus de soucis pour sa relation avec Reece. Elle aurait tellement voulu lui parler de ce qu'elle ressentait, lui demander de lui accorder du temps pour se remettre. Elle aurait voulu le conjurer de ne pas se décourager en la voyant si triste et renfermée sur elle-même. Elle aurait voulu le supplier de ne pas chercher du réconfort auprès d'une autre, surtout si cette autre était belle, vive, charmante comme… comme Angelina Cortez. Mais comment lui dire tout cela alors qu'il était las de ses humeurs et de la vie qu'elle lui faisait mener ?

Cela faisait des semaines qu'ils n'avaient pas eu de relations intimes, et le gynécologue de l'hôpital lui avait dit qu'ils ne pourraient reprendre une vie amoureuse « normale » que dans un mois. Toutefois, dans l'état d'exaspération où se trouvait Reece, la perspective de reprendre une activité sexuelle terrifiait Sorrel. Saisis par la colère et par la frustration, ils s'étaient adressés des accusations terribles qui laissaient peu d'espoir à une réconciliation.

Et puis, comment pouvait-il encore la trouver désirable alors qu'elle s'était montrée incapable de porter un enfant ?

Soudain, la porte s'ouvrit et Reece apparut dans l'embrasure. Surprise, Sorrel fit un pas en arrière. Il fixait sur elle un regard fatigué, comme s'il se demandait quel problème elle allait encore inventer.

— Qu'est-ce qu'il y a ? demanda-t-il.

— Je… je voulais te dire qu'après tout, ça me ferait plaisir d'aller déjeuner au restaurant demain avec toi.

Elle voulait le forcer à choisir entre elle ou Angelina.

Les yeux braqués sur elle, Reece semblait fouiller les

recoins de son âme. Intimidée, elle baissa la tête et s'absorba dans la contemplation de ses ongles.

— Qu'est-ce qui t'a fait changer d'avis ? demanda-t-il enfin.

— Je... je...

Sorrel haussa les épaules. A quoi bon mentir ? Elle ne savait pas jouer la comédie. Et puis, inutile de compliquer davantage la situation.

— Je viens d'entendre ce que tu disais au téléphone. Tu déjeunes demain avec Angelina Cortez, n'est-ce pas ?

— Tu espionnes mes conversations téléphoniques, maintenant ? Au nom du ciel, Sorrel, peux-tu m'expliquer à quoi tu joues, au juste ?

— Je ne t'espionnais pas, je te le jure ! protesta-t-elle, sincèrement blessée.

— Donc, si tu sais que j'ai rendez-vous avec Angelina, pourquoi as-tu changé d'avis au sujet de ce déjeuner ?

— C'est une rencontre professionnelle, entre vous deux ?

Un étonnement douloureux se peignit sur les traits de Reece.

— Mais bien sûr. Que vas-tu t'imaginer ? Que j'ai une liaison avec cette femme ?

— Dis-le-moi si c'est le cas, insista-t-elle, la gorge nouée.

Reece s'appuya contre le chambranle sans prendre la peine de dissimuler sa lassitude.

— Non. Je n'ai pas de liaison avec elle.

Tout à coup, Sorrel eut envie qu'il la prenne dans ses bras. Elle voulait tellement enfouir son visage contre sa poitrine, s'enivrer du parfum de son after-shave... Elle voulait qu'il glisse sa main dans ses cheveux et qu'il lui soulève le menton pour l'embrasser... Elle voulait qu'il lui prouve son amour par ce baiser... Oh, comme elle désirait cela !

Mais tandis qu'elle le regardait, elle se sentait de plus en plus séparée de lui par un gouffre béant. Elle aurait souhaité trouver les mots pour lui dire qu'elle était désolée, qu'elle était consciente du rôle qu'elle avait joué dans le fiasco de leur mariage, qu'il n'avait pas tous les torts... Elle aurait souhaité lui confier qu'elle avait *toujours* désiré un enfant de lui, mais qu'elle n'avait jamais osé évoquer ce sujet, de peur qu'il ne s'y oppose.

Mais comment lui avouer toutes ces choses alors même qu'elle doutait de son amour pour elle ? Après tout, deux semaines plus tôt, il avait entamé une procédure de divorce et, si elle n'avait pas été enceinte, ils seraient sans doute séparés pour de bon à présent.

— Si je comprends bien, Angelina a l'intention de repartir en tournée, n'est-ce pas ? continua-t-elle en affectant un ton dégagé.

Reece se redressa et hocha la tête.

— Mon travail ne t'a jamais intéressée, Sorrel, alors ne viens pas maintenant faire semblant du contraire, je t'en prie. Si tu as vraiment envie que nous déjeunions ensemble demain, parfait, j'annule mon rendez-vous avec Angelina, sauf si tu me le demandes à cause de soupçons aussi ridicules qu'infondés. J'ai encore beaucoup de travail ce soir, donc ne m'attends pas pour aller te coucher. A demain, dit-il en lui fermant la porte au nez.

3 heures du matin. Affligée d'une violente migraine, Sorrel n'arrivait pas à dormir. Son esprit fatigué s'enlisait dans un tourbillon de ruminations où dominaient le regret du passé,

la tristesse du présent et l'angoisse de l'avenir. A bout de nerfs, elle se leva et se mit en quête d'un tube d'aspirine, puis elle gagna la cuisine.

Elle marchait pieds nus dans un bruissement de soie, savourant la fraîcheur du carrelage.

Tandis qu'elle se versait un verre d'eau froide au robinet, elle repensa à leur résidence dans l'Algarve, une ancienne ferme portugaise que Reece avait achetée bien avant qu'ils ne se rencontrent. Juste après leur mariage, il l'avait entièrement redécorée au goût de Sorrel, confiant cette tâche à des artistes italiens réputés.

Là-bas, l'été dernier, ils avaient goûté trois semaines de pur bonheur. Trois semaines à paresser, à se prélasser au lit ou à la plage, à s'émerveiller de la beauté des villages environnants… Ils avaient été si heureux, tous les deux, si amoureux… Comment en étaient-ils arrivés là, en si peu de temps ?

— J'ai cru entendre du bruit. Est-ce que ça va ?

Sorrel sursauta et pivota sur ses talons : Reece lui faisait face, torse nu, dans un pantalon de pyjama de soie noire. Le souffle coupé, elle n'arrivait pas à détacher son regard des hanches minces et bronzées, de la poitrine musclée, des poils blonds qui dessinaient une ligne fine jusqu'au nombril. Elle avait oublié à quel point son corps était beau…

— Je… je me suis levée pour prendre des comprimés contre le mal de tête.

Il s'avança vers elle d'un pas lent et chaloupé, la fixant d'un regard intense et sensuel qui la cloua sur place.

Reece prit une profonde inspiration. Même au beau milieu d'une insomnie, Sorrel avait une beauté céleste que beaucoup de femmes lui auraient enviée. Sans maquillage, les yeux gonflés par le sommeil, ses cheveux tout ébouriffés…

elle était absolument ravissante ! Devant ce spectacle, que n'importe quel homme aurait rêvé de découvrir dans sa cuisine, à 3 heures du matin, Reece se sentait animé d'une passion dévorante. Entre eux, ce désir fou avait existé depuis le début, il avait toujours été un ingrédient essentiel de leur amour. D'un simple regard, il allumait en elle un brasier et, sans qu'ils aient échangé une seule parole, leurs mains entamaient un fougueux ballet de caresses. C'était comme une fièvre brutale, sauvage et qui retombait lentement, très lentement.

Ils avaient fait l'amour ici même, sur ce plan de travail, et le souvenir de cette étreinte intense et voluptueuse agit sur lui comme une décharge électrique. Il se souvenait de son parfum enivrant, des brefs soupirs de plaisir qu'il lui avait arrachés, de la douceur de ses cuisses, de l'éclat sauvage qui avait traversé son regard limpide… Ce souvenir distilla dans tout son corps un désir d'une violence qui le fit trembler. Et cette passion, il était sûr que Sorrel la partageait. Tout à l'heure, elle s'était montrée jalouse à l'idée qu'il puisse déjeuner avec Angelina Cortez. Quelle meilleure preuve d'attachement aurait-elle pu lui donner ?

— Un bon massage te ferait sans doute du bien, proposa-t-il.

Déconcertée, Sorrel posa le verre sur l'évier et resserra la ceinture de sa robe de chambre. Elle préférait maintenir ses distances avec Reece. Question de prudence. Près de cet homme tellement séduisant et ensorcelant, elle craignait de perdre tous ses moyens, de se laisser emporter malgré elle par la passion. Autant ne pas rêver… Ce genre de débordements était prématuré, son corps restait meurtri par le choc qu'il avait subi. Et que dire de son âme et de son cœur…

— Sorrel ?

Elle tressaillit et lui jeta un regard d'excuse. Ses yeux s'arrêtèrent sur les lèvres de Reece et elle se rappela la saveur de ses baisers avec une nostalgie brûlante.

— Euh, non, merci, ça ira, répondit-elle enfin faiblement. Les comprimés suffiront. Ce mal de tête n'est pas si terrible… Vraiment…

— Tu ne veux pas que je te touche, c'est ça ?

6.

La colère et la frustration qu'elle perçut dans sa voix suscitèrent en elle un sentiment déchirant de culpabilité.

— Il… il est encore trop tôt pour ça, Reece.

Comment lui dire qu'elle avait peur qu'il la touche ? Comment lui dire qu'il la subjuguait par sa simple présence ?

Mal à l'aise, elle détourna les yeux pour s'arracher à la fascination qu'il exerçait sur elle. Le regard vague, elle releva et tordit ses cheveux, puis les laissa retomber sur ses épaules.

— D'accord, d'accord. Je comprends.

— Je… je ne suis pas encore remise de ce choc, Reece, murmura-t-elle.

Il eut un sourire sensuel et flegmatique.

— Je ne parlais pas de te faire l'amour sauvagement sur le sol, tu sais.

Il s'approcha d'elle et enroula une de ses mèches blondes autour de son doigt. Les jambes tremblantes, Sorrel se sentit fondre sous l'effet de la fièvre dévorante que lui communiquait la présence magnétique de cet homme à demi nu, si attirant.

— Sorrel, ça me rend fou de ne pas pouvoir te toucher.

— Moi aussi, ça me manque.

Reece lâcha la boucle qui retomba souplement sur l'épaule de la jeune femme. Tout en retenant son souffle, il effleura la courbe gracieuse de son cou, savoura le contact soyeux de sa peau et de ses cheveux fins sous sa main.

Elle se mit à trembler, ses seins se durcirent…

Il retrouvait enfin cette femme de chair et de sang qu'il avait épousée, si prompte à s'émouvoir sous ses caresses. Le courant qui passait entre eux l'avait toujours excité, et la frustration de ces longues semaines d'abstinence augmentait son plaisir. Comment diable avait-il pu endurer cette privation ?

— Reece ?

— Mmmh ?

Sans lui laisser le temps de répondre, Reece posa les mains sur les hanches de la jeune femme et l'attira contre lui. Le petit cri de surprise qu'il lui arracha, son parfum enivrant le firent vibrer d'une tension délicieuse.

Les hanches contre celles de Reece, Sorrel sentait la force de son désir. Seigneur, ils étaient tous les deux devenus fous… Il fallait réagir, faire quelque chose contre cette spirale de désir dans laquelle ils sombraient…

Elle se dégagea brusquement de son étreinte.

— Non… Nous ne pouvons pas… Je veux dire… je…

Elle s'écarta d'un pas et secoua la tête avec un piteux sourire d'excuse.

— Il est encore trop tôt, expliqua-t-elle d'une voix sourde.

— Trop tôt ?

Il lui lança un regard où l'incrédulité le disputait à la frustration.

— Et selon toi, combien de temps devrai-je encore attendre que tu sois enfin prête ?

Le sourire de Sorrel s'évanouit.

— J'ai besoin de temps pour surmonter ce qui m'est arrivé, Reece. Et pour envisager une vie de couple. Il te faudra… il *nous* faudra faire preuve de patience.

Faire preuve de patience ? Alors qu'il brûlait de la posséder, là, tout de suite ? Cette femme était impossible, elle aurait poussé à bout le plus patient des hommes ! Que fallait-il donc faire pour retrouver une intimité avec elle ?

Il soupira.

— Bon, eh bien, veux-tu que je te dise ? J'en ai assez d'attendre, et si nous continuons comme ça, alors autant dire adieu à notre couple. Mais j'y pense, c'est peut-être ce que tu souhaites ? Tu es devenue si froide, Sorrel ! Et la fausse couche n'est pas la seule explication. J'ai l'impression qu'aucun homme n'arriverait à réveiller en toi la moindre sensualité, et c'est triste à pleurer.

Choquée, Sorrel ne répondit pas tout de suite. Pour brutales qu'elles soient, ces paroles avaient d'autant plus de force qu'elles atteignaient la jeune femme au cœur de sa féminité, et qu'elles confirmaient ses peurs cachées : elle n'était plus désirable.

Elle se sentit submergée par une vague de fureur.

— Tu m'accuses de mettre notre couple en danger ? Mais il n'y a pas si longtemps, qui voulait le divorce, hein ? Et tu l'aurais obtenu si tu n'avais pas appris ma grossesse ! Je ne te dois rien, Reece. Je…

Il l'interrompit d'un geste excédé.

— Ça suffit, Sorrel. J'en ai plus qu'assez de tes divagations.

Avant même qu'elle eut le temps de reprendre son souffle, il avait quitté la pièce.

Assise dans la salle d'attente de l'agence de mannequins pour laquelle elle avait travaillé régulièrement ces dernières années, Sorrel feuilletait distraitement un magazine. Vu son état physique et émotionnel, elle ne se faisait guère d'illusions sur ses chances de décrocher un contrat, mais entre elle et Reece, l'atmosphère était devenue irrespirable. Elle ne supportait plus de rester cloîtrée dans cette maison qui lui rappelait tous ses échecs. Elle avait besoin de sortir, de faire quelque chose de constructif. Aussi, lorsque Reece était parti déjeuner avec Angelina Cortez, Sorrel avait décroché son téléphone pour prendre rendez-vous avec Jenny, son agent.

Un contrat à temps plein lui redonnerait sûrement goût à son métier. Et si, par chance, on lui proposait de participer à un grand défilé international, elle réfléchirait à deux fois, cette fois-ci, avant de dire non. Qui sait ? En s'engageant tout entière dans sa carrière, à l'instar de Reece, elle arriverait peut-être à sortir de sa dépression. Une réussite professionnelle lui vaudrait peut-être l'admiration de Reece… Ou, tout simplement lui redonnerait à elle un regain d'amour-propre, ce qui aiderait à arranger les choses entre eux. Après tout, une femme assez belle pour être mannequin devait aussi l'être aux yeux de son mari…

Mais sans doute se berçait-elle d'illusions… Leur dispute de la veille continuait de planer comme une ombre. Etait-il prêt à oublier les horribles accusations qu'elle avait proférées contre lui ? Elle s'en voulait tellement de son attitude injuste ! Ces derniers temps, il avait été si gentil, si attentionné… Pouvait-elle seulement se faire pardonner ?

Son regard tomba sur la photo d'une jolie jeune femme brune : un mannequin très demandé qui figurait dans les pages de mode des magazines les plus prestigieux. De nouveau, Sorrel se mit à douter de sa valeur, de sa force, de sa capacité à surmonter ses épreuves, à regagner l'amour de Reece.

Elle devait au moins essayer. Pour elle. Pour Reece. Pour la famille qu'elle espérait encore et malgré tout fonder avec lui. Et si une carrière de mannequin était la seule voie qui lui restait pour y arriver, il fallait la suivre, coûte que coûte.

— Sorrel ! Comment vas-tu, mon chou ? Désolée de t'avoir fait attendre. Veux-tu une tasse de café ?

Elle leva la tête. Une élégante dame blonde en tailleur noir venait d'apparaître à la porte : Jenny Taylor. Sans un regard pour les deux jeunes filles qui patientaient dans la salle, la pimpante quinquagénaire lui fit signe de la suivre.

Sorrel entra dans un bureau à la décoration chic, orné de superbes photos de mannequins passés et actuels. Acceptant le siège que lui présentait son agent, elle croisa ses longues jambes et se força à soutenir le regard de cette femme qu'elle avait côtoyée pendant sept ans. Un silence se fit, troublé par le tintement de la cuillère que Jenny tournait distraitement dans sa tasse de café. Ses yeux noisette ne quittaient pas Sorrel et semblaient lire en elle comme dans un livre ouvert. Gênée, celle-ci serra les mains sur ses genoux.

— Quelque chose ne va pas, observa Jenny en fronçant les sourcils.

Un sentiment de découragement s'abattit sur Sorrel. Décidément, rien n'échappait jamais à la sagacité de Jenny. Elle allait sûrement refuser de lui donner un travail et la courageuse tentative de Sorrel allait échouer avant même d'avoir existé.

Elle se força à sourire.

— Que veux-tu dire ?

— Tu es toute pâlotte, toute maigrichonne. Tss, tss… Dis-moi, tout va bien, entre toi et ton superbe mari ?

Sorrel accusa le coup.

— Nous avons… quelques problèmes, finit-elle par admettre.

— Il continue de voir ta carrière d'un mauvais œil, c'est ça ?

— Nous sommes en train de régler ces histoires.

— Il continue à te laisser seule ?

— Non. En fait, il est à la maison en ce moment.

Elle décroisa les jambes et posa une main sur le bureau.

— Pardonne-moi, Jenny, mais je n'ai pas vraiment envie de parler de tout ça en ce moment. J'étais plutôt venue te demander si tu avais un travail pour moi.

— Chérie, je t'aurais très bien vue pour deux missions, dont une pour une grande firme de cosmétiques. Mais autant ne pas en parler, parce que tu n'as vraiment pas l'air d'être dans ton assiette.

Sorrel était devenue rouge comme une pivoine.

— Que veux-tu dire ?

— Mon chou, tu as toujours été quelqu'un de très discret. Ce n'est pas un reproche, nous avons tous droit à notre jardin secret, n'est-ce pas ? Mais à mon âge, on finit par connaître les autres. Je vois bien que tu as un problème. S'il s'agit de ton mariage, occupe-toi en priorité de ton couple, pas de ton travail. A notre époque, trop de femmes sacrifient leur vie privée à leur carrière. Tôt ou tard, elles finissent par le regretter. J'en vois des exemples tous les jours. Rentre chez toi, Sorrel, prends un bon bain chaud, et ce soir, quand ton mari rentrera, sors le grand jeu : dîner aux chandelles avec champagne et musique douce. Vu ton état, une petite soirée romantique te sera beaucoup plus profitable qu'une nouvelle mission.

Sorrel se leva immédiatement. A quoi bon insister ? Au moins avait-elle essayé. Et puis, tout ce que disait Jenny était frappé au coin du bon sens, mis à part, sans doute, le dîner aux chandelles, auquel Reece serait certainement peu sensible après leur récente dispute… Et surtout après un déjeuner en compagnie de la belle et sensuelle Angelina. Comment Sorrel pourrait-elle rivaliser avec une femme pareille, alors qu'elle n'était plus que l'ombre d'elle-même, ces derniers temps ? Jenny s'en était aperçue au premier coup d'œil. Quoi d'étonnant ? Depuis plusieurs jours, elle mangeait si peu qu'elle risquait de s'envoler au moindre coup de vent…

Serrant son sac à main contre sa poitrine, Sorrel grimaça un sourire forcé.

— Oui, tu as raison, Jenny. La vérité, c'est que je ne me sens pas très bien depuis quelque temps. Je n'aurais pas dû te faire perdre ton temps comme ça. Je suis désolée.

Se levant à son tour, Jenny se dirigea vers Sorrel et lui posa la main sur l'épaule.

— Ne dis pas ça, ma chérie. Reviens me voir plus tard, disons, dans un mois ? Nous reparlerons de cet engagement dont je t'ai parlé. Il devrait commencer dans six semaines et tu serais vraiment la candidate idéale. D'ici là, rentre chez toi, repose-toi et règle tes problèmes, d'accord ?

— D'accord.

— Pourquoi ne prends-tu pas quelques vacances ? Une semaine au soleil te ferait énormément de bien.

Rassérénée par ces conseils de bon sens, Sorrel prit congé. Dehors, le soleil radieux baignait la rue d'une atmosphère de gaieté, et le bruit et l'animation de King's Road emplirent la jeune femme d'une joie soudaine et irrépressible. Elle décida de ne pas retourner tout de suite dans sa grande maison vide, mais de s'accorder une petite promenade. Oh, pas une grande sortie, bien sûr, un peu de lèche-vitrines, peut-être. Elle se souvenait justement d'une merveilleuse librairie située non loin de là, dans une toute petite rue de Chelsea, et dans laquelle elle avait déniché des livres fascinants sur l'histoire et la musique, les lectures préférées de Reece...

A son retour, quand il trouva la maison vide, Reece fut saisi de panique. Il grimpa l'escalier quatre à quatre, se rua dans la chambre de Sorrel et ouvrit la penderie : les vêtements, les valises, tout était en place. Il promena le regard sur les accessoires de toilette et de maquillage qui encombraient la coiffeuse et les rebords de la baignoire, et poussa un soupir de soulagement. Elle ne l'avait pas quitté.

L'espace de quelques minutes, il avait craint le pire : que Sorrel soit partie de nouveau, pour de bon, cette fois-ci. Après tout, elle ne voulait pas qu'il déjeune avec Angelina, et ce matin, il ne s'était pas vraiment montré conciliant. « Avec ou sans l'enfant, la vie continue, s'était-il dit. Le travail est le travail. » Et si Sorrel persistait à soupçonner que ses relations avec Angelina dépassaient le cadre professionnel, eh bien, tant pis pour elle.

Abandonnant sa veste sur le dossier d'un fauteuil, Reece se dit qu'elle n'avait pas dû partir bien loin. Sans doute avait-elle profité du beau temps pour aller se promener dans le parc. Il décida de l'attendre une heure, après quoi, il partirait à sa recherche.

Soudain pris d'une grande fatigue, il ôta ses chaussures d'un geste sec et s'allongea sur le lit somptueux de Sorrel. Pendant de longues minutes, il resta ainsi, un bras sous la tête, les yeux rivés au plafond, alangui par la chaude lumière dorée qui se déversait des grandes fenêtres. Finalement, il se tourna sur le côté et posa la tête sur l'oreiller moelleux, imprégné du délicat parfum de Sorrel, ferma les yeux et s'endormit.

Debout dans l'embrasure de la porte de sa chambre, figée devant le spectacle de son mari assoupi, Sorrel posa tout doucement le livre qu'elle venait de lui acheter. Dans l'abandon du sommeil, la silhouette de Reece montrait une vulnérabilité poignante, très différente de l'image du manager ambitieux qu'il offrait habituellement. Ses cheveux ébouriffés comme ceux d'un petit garçon lui donnaient un air innocent et doux. Jamais il ne lui avait paru aussi beau. Incapable de détacher son regard de ce spectacle, Sorrel frissonna, submergée par une émotion violente. L'élan d'affection qu'elle ressentait lui faisait regretter encore davantage l'échec de leur relation. Pourquoi leur était-il si difficile de trouver un terrain d'entente ? Pourquoi refusait-il de l'écouter ? S'il voulait bien y réfléchir, il admettrait que la vie de famille avait du charme, et il finirait sans doute par accepter l'idée d'un nouveau bébé…

Elle en était là de ses pensées quand Reece ouvrit les yeux.

— Où étais-tu passée ? demanda-t-il d'une voix endormie.

— J'étais sortie me promener. J'en avais assez de rester enfermée.

Elle s'interrompit en rougissant. Pendant un moment, ses doigts jouèrent distraitement avec un bouton de la veste bleu pâle qu'elle portait. C'était incroyable, cette attirance magnétique qu'elle continuait de ressentir pour cet homme, malgré tout ce qui avait pu se passer entre eux…

— Je… j'ai fait les boutiques.

— Ah ? fit-il en s'asseyant en tailleur sur le lit. Tu as été raisonnable, j'espère. Tu es encore fragile, tu sais.

— Oui, ne t'inquiète pas. Ton déjeuner s'est bien passé ? poursuivit-elle sur un ton dégagé, pour entretenir la conversation.

Non qu'elle désirât s'enquérir de ce que Reece et Angelina avaient bien pu se raconter. Loin d'elle cette pensée… Elle ne tenait pas du tout à ouvrir une boîte de Pandore en évoquant ce sujet dangereux.

— Très bien, répondit-il.

Reece l'enveloppa d'un regard caressant, détaillant la jolie jupe de coton blanc et bleu, le chemisier en broderie anglaise, la veste bleu ciel assortie. Ses longs cheveux blonds retombaient sur ses épaules et ses oreilles étaient ornées de pendants en lapis-lazuli.

— Tu es belle comme un rayon de soleil, aujourd'hui, remarqua-t-il. En quel honneur ?

Sorrel détourna les yeux, honteuse d'avoir à lui dissimuler son rendez-vous avec son agent.

— Je voulais me remonter le moral, c'est tout.

— Tu as eu une excellente idée. Viens donc t'asseoir ici, à côté de moi, fit-il en tapotant la couverture. Nous serons plus à l'aise pour parler.

La gorge serrée par le remords et la gêne, Sorrel lui tendit le paquet.

— Tiens, je t'ai acheté ça, dit-elle rapidement.

— Ah ? Je le regarderai tout à l'heure, promit-il en posant le paquet à côté de lui.

Il lui prit la main et l'attira doucement vers lui. Nerveuse, elle ramena une mèche derrière son oreille.

— De quoi veux-tu parler, exactement ?

— De tout… de rien, dit-il d'une voix vague.

En fait, Reece aurait été très content de ne pas parler du tout, de contempler en silence les beaux yeux en amande de Sorrel, sa peau délicate et fine…

— Vas-tu repartir bientôt, Reece ? demanda-t-elle.

— Que veux-tu dire ?

— A midi, tu as déjeuné avec Angelina. Je suppose que vous avez parlé travail. Vas-tu assurer la promotion de sa prochaine tournée ?

Cette question l'obsédait donc tant que cela… Somme toute, il ne regrettait pas d'avoir temporisé avec Angelina. Ses hésitations avaient d'ailleurs beaucoup étonné la cantatrice, qui avait insisté pour en connaître les motifs, jusqu'à ce qu'il lui avoue ses difficultés conjugales.

— Je suis désolée, *querido*, lui avait-elle dit. Prenez le temps qu'il vous faudra pour régler vos problèmes. En attendant, soyez assuré que, de toute façon, je ne souhaite confier ce travail à personne d'autre que vous.

D'une légère caresse, Reece effleura la joue de Sorrel.

— Rien n'est décidé pour l'instant, ma chérie. Donc, pour répondre à ta question : dans l'immédiat, je ne pars pas.

Soulevant le menton de la jeune femme, il la regarda droit dans les yeux.

— Tu es contente, Sorrel ? demanda-t-il d'une voix de velours.

7.

Au lieu d'accueillir cette nouvelle avec soulagement, Sorrel se crispa.

— Je ne veux pas que tu déclines des offres à cause de moi.

Un mur de glace sembla de nouveau se dresser entre eux. Désemparé, Reece posa la main sur le cou de la jeune femme et l'attira contre lui.

— Que dois-je faire pour te rendre heureuse, Sorrel ? Pourquoi refuses-tu toujours la main que je te tends ?

Devant son air suppliant, Sorrel courba les épaules et baissa la tête. Alors, sans réfléchir, Reece l'attira à lui et l'embrassa tendrement, passionnément. Ses lèvres fraîches et douces comme le miel éveillèrent en lui un tourbillon de désir. Il l'embrassait avec la ferveur d'un homme assoiffé qui se désaltère à une source vive. Elle seule pouvait lui faire ressentir cette plénitude absolue qui effaçait tous ses soucis, toutes ses angoisses. Il y avait si longtemps qu'il n'avait goûté à un tel bonheur !

Tremblante, Sorrel cédait peu à peu au vertige de ce baiser… mais tout à coup, elle se ressaisit et s'écarta, haletante.

— Mais… pourquoi m'embrasses-tu ?

Sa lèvre inférieure tremblait.

— Ai-je besoin d'une raison pour embrasser ma femme ? demanda-t-il avec un sourire doux et charmeur.

Interdite, elle le contemplait sans répondre, déchirée entre son désir et la peur d'y céder. Etait-il bien raisonnable d'écouter les sirènes de la passion alors qu'ils ne savaient toujours pas comment allait évoluer leur couple ? Ils n'avaient même pas eu de discussion sérieuse à propos de la perte du bébé. Dans ces conditions, comment pouvaient-ils espérer oublier leurs différences ? Ce baiser avait été merveilleux, Reece savait la faire vibrer comme aucun autre homme, mais de là à dire qu'ils étaient faits l'un pour l'autre, c'était une autre histoire. Malgré la passion qui les unissait, leur mariage serait voué à l'échec si tout le reste les opposait.

Soudain, le conseil de Jenny resurgit dans son esprit. Cette idée de vacances au soleil, c'était Reece qui l'avait suggérée en premier, pour prendre un nouveau départ, avait-il dit. Peut-être n'avait-il pas tort, en fin de compte. Un séjour dans l'Algarve leur permettrait sans doute de repartir de zéro. Une mince lueur d'espoir éclaira alors son cœur.

— Non…, répondit-elle timidement. Non, tu n'as pas besoin de raison.

Silencieuse, elle le laissa caresser la paume de sa main avec son pouce, savourant ce doux contact qui semait des frissons délicieux dans tout son corps.

— Reece, je me demandais…

— Hmm, quoi, ma chérie ?

Il eut de nouveau un sourire désarmant. Déconcertée, elle le contempla en silence pendant quelques instants.

— Tu te souviens… il y a quelque temps… tu avais émis l'idée de prendre des vacances dans notre maison de l'Algarve. Il se trouve que j'ai réfléchi, et que… voilà, j'aimerais bien partir, après tout.

Retenant une exclamation de surprise, Reece porta la main de Sorrel à ses lèvres et y déposa un baiser lent et tendre. Son regard brillait d'un éclat de joie.

— Je vais voir si je peux réserver deux places pour demain.

— Si tôt ?

— Pourquoi attendre ? Rien ni personne ne nous retient.

« Oui, rien ni personne, maintenant que nous avons perdu le bébé », songea Sorrel, la gorge serrée. Et ses yeux attristés rencontrèrent ceux de son mari, brillants de plaisir.

— Bien, déclara-t-elle en se levant avant qu'il ne puisse la retenir.

Elle fit quelques pas vers la porte avant d'ajouter :

— Je ferai mes bagages dans la soirée. Pour l'heure, je vais téléphoner à Melody et préparer le repas. A tout de suite.

Un peu plus tard, alors qu'elle épluchait des carottes dans la cuisine, Sorrel se reprit à penser à l'échange qu'elle venait d'avoir avec Reece. Pourquoi se trouvait-il dans sa chambre ? Et pourquoi s'était-il endormi sur son lit ?

Et ce baiser... Elle frissonna au souvenir de sa bouche sensuelle et ardente contre la sienne. Il avait été si tendre, si passionné... Il l'avait embrassée comme lui seul savait le faire, d'un baiser lent, caressant, fougueux. Un baiser pour lequel n'importe quelle femme se serait livrée corps et âme. En amour, Reece n'avait jamais été égoïste. Au contraire, il avait toujours été soucieux de son plaisir à elle. Avec lenteur, avec douceur, il la transportait à des sommets d'extase où il la rejoignait ensuite. C'était d'ailleurs pour cette raison qu'elle adorait faire l'amour avec lui...

— Sorrel ?

Elle sursauta et se retourna, rougissant d'avoir été surprise au milieu de ces pensées troublantes. Reece se tenait à l'entrée de la cuisine. Il venait de prendre une douche, comme l'attestaient les reflets mouillés sur ses cheveux blonds. Sa chemise déboutonnée et son pantalon, qui tombait sur ses hanches, laissaient apercevoir son nombril et il avait aux lèvres un sourire charmeur et nonchalant qui la fit frémir.

Saisie d'un bref étourdissement, Sorrel dut s'appuyer contre la table.

— Qu'est-ce qu'il y a ? demanda-t-elle pour se donner une contenance.

— Nous avons de la chance. J'ai réussi à réserver deux places en première classe sur un vol en partance pour Faro, demain à midi. Une fois là-bas, le temps de louer une voiture, nous devrions être à la maison autour de 18 heures. Alors, qu'est-ce que tu en dis ?

— Formidable.

— J'ai téléphoné à Ricardo et à Inès. Ils vont préparer la maison pour demain soir.

Ricardo et Inès étaient un vieux couple de Portugais chargés d'entretenir la résidence en leur absence. Ils habitaient dans une petite ferme à environ cinq kilomètres. Sorrel ne les avait pas vus depuis quelque temps déjà et la perspective de ces retrouvailles lui réchauffa un peu le cœur. Ils avaient toujours été si gentils avec eux… A chacun de leurs séjours, ils s'étaient donné un mal fou pour assurer leur confort et rendre leurs vacances agréables.

— Donc, nous n'avons qu'à faire nos bagages ? demanda-t-elle.

— Exactement.

Il s'approcha d'elle et s'arrêta de l'autre côté de la table pour l'observer.

— Que fais-tu ?

Elle haussa les épaules d'un air gêné.

— Oh, juste un ragoût de poulet. Pourquoi ?

— Chérie, je ne veux pas que tu te fatigues. Tu es sortie un long moment, aujourd'hui, tu devrais te reposer un peu. Laisse-moi commander un plat chez le traiteur.

— Mais je croyais que c'était ton plat préféré ?

— C'est vrai. Mais j'aimerais mieux que tu ne fasses pas la cuisine en ce moment. Ah, au fait, merci pour le livre. Tu n'aurais pas pu mieux choisir, j'avais l'intention de me l'acheter.

Touchée par ce compliment inattendu, Sorrel leva la tête pour lui sourire, mais il s'éloignait déjà en sifflotant.

Reece était dans sa chambre, occupé à faire ses bagages lorsque le téléphone sur la table de chevet se mit à sonner. Il s'assit sur le lit et décrocha.

— Reece, *mi querido* ! C'est moi, Angelina ! Ecoutez, je n'arrête pas de penser à ce que vous m'avez dit, tout à l'heure, pendant le déjeuner. Je crois sincèrement que vous devriez prendre quelques vacances, vous et votre jolie femme. Vous travaillez trop, vraiment trop, *querido*. Vous méritez un peu de repos, qu'en dites-vous ?

La sollicitude de la cantatrice alla droit au cœur de Reece. Promenant un regard distrait sur la terrasse, il eut l'envie soudaine et inexplicable de se lever et de déranger l'ordonnancement parfait des pots en terre cuite, de la table chromée et des fleurs.

Il étouffa un soupir.

— En fait, nous avons justement l'intention de nous accorder un congé. Nous partons pour Faro demain. Nous avons une maison là-bas.

Angelina ne put retenir une exclamation de surprise.

— Quelque chose ne va pas ? demanda-t-il en fronçant les sourcils.

— Non, non, *querido*, au contraire ! Je possède une villa à Almancil, non loin de Vale do Lobo, et il se trouve que j'ai prévu de m'y rendre samedi prochain avec Emmanuel. Quel incroyable hasard, n'est-ce pas ? Oh, Reece, il faut absolument que vous me donniez votre numéro de téléphone au Portugal ! Je m'en voudrais de ne pas vous appeler pour vous inviter à dîner un soir, vous et votre charmante femme. Comme c'est merveilleux !

Reece avait du mal à partager cet enthousiasme. Il se frotta le front d'un air préoccupé. Une invitation à la grande villa de la voluptueuse diva… Sorrel allait prendre cela pour une provocation. Elle était même capable de penser qu'il avait suggéré ce séjour au Portugal pour rencontrer Angelina. Sauf que c'était Sorrel qui avait relancé cette idée de vacances, et pas lui… L'excuse était toute trouvée ! Par ailleurs, si toutes les deux faisaient connaissance, Sorrel comprendrait sans doute enfin qu'Angelina n'était qu'une cliente, absolument pas la croqueuse de maris qu'elle s'imaginait. Et elle ne pourrait pas lui reprocher d'avoir communiqué leur numéro de téléphone à la cantatrice…

Ils arrivèrent vers 18 h 30 à la maison que Reece avait baptisée Paradise na terra. C'était une vieille ferme traditionnelle à la grâce surannée, entourée d'immenses pelouses fraîchement tondues, agrémentées par une profusion de plantes exotiques aux lourdes fleurs odorantes. Il se dégageait des lieux une atmosphère de sérénité et d'harmonie à laquelle la fatigue du voyage les rendait plus sensibles encore.

Sorrel était heureuse de pouvoir enfin poser ses bagages. Le vol, éreintant, avait mis à rude épreuve ses nerfs déjà tendus par la perspective de devoir passer plusieurs jours sans interruption avec Reece.

Dès qu'il eut déposé les valises sous la véranda, celui-ci la guida jusqu'à un canapé et lui dit de se reposer un peu jusqu'au repas.

Lorsqu'il entra dans la cuisine, Reece eut la bonne surprise de trouver sur la table en pin divers mets appétissants ainsi qu'une bouteille de vin portugais à côté d'un tire-bouchon et de deux grands verres. Tout en dégustant quelques olives noires, il se débarrassa de sa veste et se posta devant la fenêtre. Le soleil s'apprêtait à disparaître derrière les collines nimbées de petits nuages orangés.

Un indéfinissable sentiment de paix l'envahit et, pour la première fois depuis longtemps, il se mit à espérer. Ce séjour était sans doute leur dernière chance de réconciliation, mais c'était certainement la bonne, la solution miracle aux tensions des derniers mois… Peut-être arriveraient-ils à réparer les erreurs du passé… Les siennes, surtout. Il n'aurait jamais dû faire de son travail la priorité de sa vie. Cette retraite à la campagne, au calme, loin de l'agitation continuelle de la ville, lui redonnerait certainement le goût des plaisirs humbles de l'existence : une promenade dans les bois ou la contemplation d'un coucher de soleil, par exemple, toutes ces petites choses tellement plus importantes que les ambitions assez creuses qu'il avait poursuivies avec tant d'assiduité pendant toutes ces années. Et puis, ce séjour lui permettrait sans doute de mieux comprendre cette belle jeune femme éprise d'absolu qu'était Sorrel.

— J'ai faim, déclara celle-ci en entrant dans la cuisine.

Elle avait enlevé sa veste de lin et marchait pieds nus sur le sol de tomettes. Elle était vêtue d'une longue robe fourreau ornée d'une broderie anglaise. De légères mèches vaporeuses encadraient son visage dont la beauté naturelle n'était relevée par aucun maquillage. Elle avait l'air si jeune, si fraîche, et si fragile… Brusquement, Reece se rappela cette nuit affreuse où elle avait perdu l'enfant. Il revit la chemise de nuit, blanche et fluide comme la robe qu'elle portait aujourd'hui, mais maculée de sang. Au bord du malaise, incapable de parler, il éprouva pour sa jeune épouse une irrépressible envie de la protéger.

— Reece ?

Soucieuse, Sorrel fronça les sourcils. Que voulait dire cet air absent ? Regrettait-il déjà d'être parti avec elle ? Ce séjour lui semblait-il futile ? Refusant de céder au doute et à la tristesse dès le premier soir, elle se força à porter son attention sur les victuailles qui encombraient la table.

— Eh bien ! Inès a préparé tout ça ?

Le son de sa voix ramena Reece au présent.

— Tout à fait. Cette femme est un ange, n'est-ce pas ? ajouta-t-il en dégustant une olive avec un plaisir non dissimulé.

Sorrel le contempla, émue. A l'inverse de certains hommes, Reece ne savait pas cacher le contentement que lui procurait un bon repas, un bon vin, un beau tableau… l'amour… Elle adorait la franchise avec laquelle il exprimait toujours sa satisfaction.

— Nous pourrions dîner dehors, qu'en dis-tu ? suggéra-t-elle en garnissant une assiette de fruits, de fromage et d'olives.

— J'ai peur qu'il fasse un peu froid...

Sans qu'il comprît pourquoi, il la vit rougir.

— Je vais remettre ma veste, répondit-elle. Ou plutôt, l'étole que j'ai dans mon sac.

— Bon, eh bien dans ce cas, d'accord.

A la lumière dorée des derniers rayons du soleil, ils allèrent s'installer sous la véranda. Une heure s'écoula dans un silence complice tandis que, peu à peu, s'allumaient les guirlandes lumineuses que Ricardo avait disposées sous le porche.

Reece aurait préféré des éclairages modernes, mais Sorrel adorait l'ambiance magique et romantique de ces fragiles lumières.

La lueur clignotante des guirlandes jetait des ombres étranges. En regardant Reece, Sorrel s'aperçut que ses rides s'étaient accentuées ces derniers temps, un peu comme une sculpture dont un artiste aurait creusé les lignes. Une bouffée de tristesse lui serra le cœur. Reece avait souffert tout autant qu'elle de leurs démêlés conjugaux et de la perte du bébé. D'ailleurs, il le lui avait dit mais, enfermée dans sa propre douleur, elle n'avait pas daigné l'entendre. Si leur couple avait été plus uni au moment de cette catastrophe, ils se seraient écoutés, épaulés l'un l'autre. En tout cas, ils n'auraient pas été, comme maintenant, réduits à sauver ce qui pouvait encore l'être, trop blessés l'un et l'autre pour esquisser le premier pas vers la réconciliation. Elle but une gorgée pour essayer de chasser ces pensées, mais le vin lui parut amer.

La voix de Reece la tira de sa rêverie mélancolique.

— Tu n'as pas beaucoup mangé, remarqua-t-il.

— Toi non plus.

— Non, reconnut-il sans l'ombre d'un sourire. Mais je vais reprendre un verre de vin.

Pourquoi buvait-il autant ? Pour oublier ? A cette idée, le cœur de Sorrel se serra douloureusement.

— Maintenant que nous sommes arrivés, peux-tu me dire si tu regrettes d'être venu ?

— Pas du tout. Mais rappelle-toi, Sorrel, tu m'as dit un jour qu'une relation devait se bâtir à deux. Je n'ai pas l'intention de continuer à marcher sur des œufs pour te ménager. Il faut que nous avancions ensemble.

— Mais je ne t'ai jamais demandé de « marcher sur des œufs » ! Je sais accepter la critique quand j'ai tort, moi aussi. Je suis plus forte que tu ne le penses !

Devant son expression indignée, Reece ne put retenir un large sourire.

— « Forte » n'est pas exactement l'adjectif que j'emploierais pour te décrire, observa-t-il. En ce moment, tu aurais plutôt l'air d'une petite fille en mal de sommeil. Si tu veux, ce soir, je peux te border dans ton lit…

Au mot « lit », Sorrel se crispa et tendit de nouveau la main vers son verre.

— Non merci, lança-t-elle d'un ton pincé. Je ne suis plus une petite fille. Je vais me coucher quand je veux.

— Je n'en doute pas, mon petit oiseau.

— Arrête !

Il éclata de rire, un rire profond et doux qui la fit frissonner. Voyant qu'elle se frottait le bras, il se tut immédiatement.

— Tu as froid, dit-il, penaud. Rentrons.

— Mais non, mais non, assura-t-elle en posant sa veste sur ses épaules. J'aimerais rester ici encore un peu.

Pourtant, elle continuait de trembler. Elle se sentait

désarmée, vulnérable sous son regard insistant qui s'attardait sur son visage, ses épaules, sa poitrine.

— Tu as froid, Sorrel, répéta-t-il. Je le vois.

Baissant la tête, elle vit avec netteté ses seins tendus sous le soutien-gorge de dentelle et la fine toile de sa robe. Embarrassée, elle se mordit la lèvre.

— Pourquoi faut-il que tu ramènes toujours tout à ça ?

— Sorrel, tu es belle et séduisante… Tu m'as plu au premier regard, et tu voudrais que j'ignore ta beauté ? Comme le parfum que tu laisses derrière toi… ta démarche, si gracieuse et aérienne… la manière dont ton regard s'assombrit lorsque nous faisons l'amour… Penses-tu que je sois devenu insensible à tout ça maintenant que tu me considères comme ton ennemi juré ?

8.

Devant cette affirmation abrupte, Sorrel ne put réprimer un sursaut scandalisé.

— Je ne t'ai jamais considéré comme mon ennemi !

Son indignation venait surtout du désarroi dans lequel les paroles de Reece l'avaient jetée. Confuse, elle se leva et entreprit de débarrasser la table.

— Tu as raison, déclara-t-elle. Il commence à faire frais dehors. Je rentre les assiettes et je monte ranger mes affaires.

Reece éleva son verre et le contempla en silence, stupéfait et navré de ce retournement soudain. Sorrel continuait d'éprouver de la gêne en sa présence, il le sentait. Les compliments qu'il lui adressait l'importunaient plus encore que ses colères et ses remarques cinglantes. Que faire, alors ? Quelle chance, quel espoir lui laissait-elle ? Il était à bout de ressources, il ne savait plus comment faire avec elle.

Toutefois, soucieux d'éviter une nouvelle dispute, il s'efforça de refouler sa frustration.

— Ça va, ça va, soupira-t-il. Laisse donc les assiettes. Je vais rester encore un peu dehors.

Ils échangèrent un regard pesant, plein de culpabilité et de colère rentrée. Détournant la tête, Reece but une longue gorgée du robuste vin portugais que Ricardo avait laissé à leur disposition.

Vêtue d'un peignoir blanc, Sorrel s'arrêta à la porte de sa chambre : Reece avait déposé ses valises sur le lit et il était occupé à pendre des chemises dans la grande armoire. Les muscles de son dos se dessinaient sous le T-shirt noir et elle le contemplait, fascinée, la gorge sèche et le cœur battant.

— Qu'est-ce que tu fais ?

Il lui jeta un bref regard par-dessus son épaule.

— A ton avis ? Je range mes vêtements dans l'armoire.

— Tu… tu vas coucher ici ? Avec moi ?

Elle baissa ses yeux troublés vers le grand lit recouvert d'un plaid multicolore.

— Tu as bien deviné, répondit-il. Y vois-tu un inconvénient ?

« Oui, un gros inconvénient » songea-t-elle. Cela faisait trois mois… non, quatre, qu'ils n'avaient pas couché ensemble, et voilà qu'il voulait s'inviter de nouveau dans son lit !

Sorrel déglutit avec difficulté.

— Il y a deux autres chambres dans cette maison. Je suis sûre qu'Inès a préparé les lits.

Reece se tourna lentement vers elle et la regarda d'un air dur.

— Et alors ?

— Alors… pourrais-tu éviter de me placer devant le fait accompli ?

— Mais, bon sang !

Il s'interrompit une seconde et reprit sur un ton plus bas :

— Je n'ai jamais voulu t'imposer quoi que ce soit !

90

Reece se retourna un bref instant pour tenter de réprimer la colère qui l'étouffait, puis il braqua sur elle un regard méprisant.

— Je ne corresponds sans doute pas à l'idée que tu te fais du parfait *gentleman*, chérie, mais sache que jamais je ne forcerai ma femme si elle n'y tient pas. Tu pourrais au moins me reconnaître ce mérite. Je tiens cependant à te dire que, faute de faire quelque chose pour sauver notre couple, cette situation sera bientôt irréparable. Je voulais seulement faire chambre commune. Dis-moi oui, s'il te plaît...

Submergée par un torrent d'émotions violentes, Sorrel étudia le beau visage fatigué et bouleversé de Reece. Peu à peu, un désir sensuel s'insinua en elle. Elle savait qu'aucune femme n'aurait été insensible à l'idée de partager le lit d'un homme tel que lui. Dans le secret de son cœur, elle-même n'aurait rien demandé de mieux.

Mais d'un autre côté, sa relation avec Reece était tellement spéciale, fusionnelle... Comment rester objective quand tout ce qui arrivait à cet homme l'affectait personnellement ? Lorsqu'il soupirait, elle se demandait avec angoisse ce qui n'allait pas. Lorsqu'il était heureux, elle éprouvait un bonheur sans mélange. Vue de l'extérieur, la suggestion de Reece semblait naturelle et légitime, mais de l'intérieur... c'était une autre histoire. Sorrel ne voulait pas brusquer les choses. Elle ne se sentait pas prête. Elle n'avait rien à lui donner, pas même un bébé. Elle se sentait insignifiante et vide.

— Sorrel ?

— Pardonne-moi, Reece. Fais ce qui t'arrange. Pour ma part, je n'ai pas les idées claires en ce moment. Je suis fatiguée et je n'ai qu'une seule envie, dormir.

Sur ces mots, elle lui tourna le dos et regagna la salle de bains.

Sidéré, partagé entre l'incrédulité et la déception, Reece regardait fixement le carrelage de mosaïque. Un vertige le saisit et, pendant un long moment, un voile rouge dansa devant ses yeux. Puis, résigné à passer une autre nuit de solitude, il ressortit sans ménagement ses chemises de l'armoire, empoigna sa valise et claqua la porte derrière lui.

En l'entendant partir, Sorrel, qui observait son reflet pâle et angoissé dans la glace de la salle de bains, ressentit pour elle-même un profond sentiment de mépris.

Le charmant petit port de villégiature était écrasé sous le soleil méditerranéen. Sorrel avait pensé à emporter un large chapeau de paille et à s'habiller légèrement, d'un pantalon de toile et d'un chemisier de coton couleur cannelle, mais malgré cela, elle souffrait de la chaleur et avançait d'un pas de promenade. Elle peinait à suivre Reece, qui s'accommodait fort bien, quant à lui, des ardeurs du soleil. Avec ses lunettes noires, son pantalon kaki, sa chemise de lin blanc et ses cheveux blonds et brillants, il avait l'air d'une divinité solaire descendue sur la terre. Sorrel ne put manquer de remarquer les regards admiratifs que lui jetèrent plusieurs passantes.

Peinée, elle s'efforça de porter son attention sur le paysage. Devant eux, en haut d'une longue ruelle pavée, se dressait une splendide église baroque. Ils s'arrêtèrent pour observer à leur aise les riches ornementations de la façade.

— On entre ? suggéra-t-elle.

— Pourquoi pas ?

Depuis leur dispute de la veille, Reece lui avait à peine parlé. Toutefois, elle pouvait difficilement lui en vouloir : il avait essayé de se rapprocher d'elle et elle l'avait repoussé une fois de plus. Une fois de trop, sans doute. Rongée par le remords, Sorrel n'arrivait pas à trouver le moindre agrément à cette promenade, malgré le temps magnifique et la beauté des lieux. Au contraire, elle avait l'impression de glisser dans les ruelles telle une ombre sans cœur et sans âme.

Alors que Reece gravissait d'un pas leste les marches de l'église, une jeune Portugaise assise sous le porche le dévisagea avec une expression admirative. A Sorrel, en revanche, elle n'accorda pas l'aumône d'un regard. Une pointe de jalousie et d'orgueil perça le cœur de la jeune femme. Puis, soudain, elle se sentit très fatiguée.

La fraîcheur de l'église fut une véritable bénédiction. Il flottait dans l'air une puissante odeur d'encens qui la détendit aussitôt. Ils traversèrent la nef à pas lents, contemplant de part et d'autre de sombres tableaux religieux. Près de l'autel décoré d'une majestueuse statue de la Vierge, un candélabre de fer forgé était illuminé par les cierges.

Sorrel glissa une pièce dans le tronc et alluma une bougie.

Pendant un instant, Reece la regarda, captivé. Elle avait ôté son chapeau en entrant dans l'église et la lumière qui tombait d'un vitrail nimbait ses cheveux blonds d'une auréole de pureté. Elle était si jeune, songea-t-il, la gorge serrée par l'émotion. Trop jeune pour endurer la perte d'un bébé. Car il savait maintenant que Sorrel avait désiré cet enfant plus que tout au monde. Plus que de continuer à vivre en couple avec lui, sans doute… Et pourtant, elle exerçait un métier de rêve, qui lui permettait de voyager, de faire des rencontres exceptionnelles, un métier que la plupart des femmes n'auraient abandonné pour rien au monde… mais pas elle. Pas Sorrel. Elle avait toujours désiré être mère et elle aurait accepté sans réserve les devoirs et les responsabilités de la maternité.

— Elle ressemble à la Madone, non ?

Reece tourna la tête. A côté de lui, un touriste italien aux lunettes noires relevées sur le front contemplait Sorrel avec un sourire admiratif, tandis qu'elle se recueillait devant l'autel. Reece ne trouva rien à lui répondre. En revanche, il imagina un instant sa femme en compagnie du petit homme, et cette image suscita en lui un désir jaloux. Il hocha brièvement la tête et se dirigea vers Sorrel. Une question lui brûlait les lèvres, même s'il en connaissait déjà la réponse.

— Pour qui as-tu allumé ce cierge ? murmura-t-il.

Elle se tourna vers lui en serrant contre sa poitrine son chapeau orné d'une fragile jonquille de soie.

— Notre bébé, chuchota-t-elle avec un timide sourire, les yeux brillant de larmes.

Refoulant le chagrin qui lui étreignait le cœur, Reece passa le bras autour de sa taille. Aussitôt, un enivrant parfum de roses s'insinua parmi les exhalaisons d'encens. Il se figea, comme frappé par la foudre. Sa mère. C'était le parfum de sa mère. Les roses étaient ses fleurs préférées.

— Reece ? Est-ce que ça va ? demanda Sorrel avec une pointe d'inquiétude.

— Quel est ton parfum ?

— Je n'ai pas mis de parfum aujourd'hui. Pourquoi ?

Revenant à la réalité, il lui adressa un sourire chaleureux.

— Pour rien, ma chérie. Partons, veux-tu ?

Alors qu'ils descendaient les marches de l'église sous le soleil implacable qui chauffait la ville à blanc, Reece comprit que, d'une certaine manière, il avait reçu un présent exceptionnel. Quant à savoir pourquoi et comment, c'était une autre affaire...

Le jour déclinait lorsqu'ils revinrent à la maison. Aussitôt, Inès, qui s'affairait dans la cuisine, se précipita à leur rencontre, aussi vite que le permettaient ses petites jambes de ménagère rondelette, et Ricardo sortit sur la terrasse. Le vieux Portugais était un homme de la terre : grand et maigre, un teint de cuivre, des petits yeux intelligents, il était du genre à prêter main-forte à un inconnu dans le besoin sans rien attendre en retour.

Le vieil homme serra la main de Reece avec cordialité et le pressa contre lui, puis il fit de même avec Sorrel. La générosité toute maternelle avec laquelle Inès la prit dans ses bras émut la jeune femme jusqu'aux larmes.

— *Minha criança doce !* s'exclama Inès en caressant les cheveux de Sorrel. Comme tu es devenue mince ! Qu'est-ce qu'il y a, dis-moi ? Tu ne manges plus ?

Tout en parlant, elle jeta un coup d'œil interrogatif à Reece.

— Elle ne se nourrit pas assez, avoua celui-ci. Je ne sais plus quoi faire. Mais peut-être que vos talents de cuisinière feront un miracle.

— Oh, ma chère petite ! Ce n'est pas bien d'être aussi mince ! Il faut manger, tu sais ! Heureusement, pour ce soir, je vous ai préparé un de mes meilleurs plats. Si tu n'y touches pas, j'en aurai le cœur brisé.

Ricardo opina d'un air sage.

— Elle a raison. Lorsqu'on traverse des difficultés, un bon repas vaut mille médicaments.

Reece fronça les sourcils. Comment diable Ricardo et Inès avaient-ils deviné qu'ils avaient des problèmes ?

— Je vous promets de faire honneur à votre repas, Inès, assura Sorrel. Pour vous, je ferai cet effort. Mais maintenant, je souhaiterais me reposer un peu, si cela ne vous ennuie pas.

— Veux-tu que je t'apporte quelque chose, mon enfant ? Une boisson fraîche ? Je vais monter un grand verre de limonade dans ta chambre.

Sur ces mots, elle se précipita dans la cuisine. Sorrel se disposait à rentrer dans la maison lorsqu'elle sentit sur son bras la main de Reece.

— Est-ce que ça va ?

— Mais oui, allons, répondit-elle en évitant son regard soucieux. J'ai un peu mal à la tête, c'est tout. Je ne suis pas encore habituée au soleil.

— Alors, va te reposer. Je monterai dans un petit moment voir comment tu te portes.

Le soleil n'était pas l'unique raison de la fatigue de Sorrel. Le chagrin qui l'accablait sans relâche la rendait lasse, sans cesse au bord des larmes. Tout à l'heure, lorsqu'elle s'était recueillie devant l'autel, elle s'était demandé si elle pourrait continuer à vivre ainsi, taraudée par cette peine déchirante.

Depuis leur arrivée au Portugal, leurs problèmes conjugaux en étaient au même point. Reece l'aimait, mais combien de temps patienterait-il encore avant de succomber aux charmes d'une femme pleine de vie, plus apte à le satisfaire qu'elle-même ? Si les choses continuaient comme cela, il n'allait pas tarder à redemander le divorce.

La gorge serrée, Sorrel ferma les yeux et enfouit la tête

dans l'oreiller comme pour se soustraire à son tourment, appelant de tout son cœur le sommeil et l'oubli.

Elle se réveilla en sursaut, le corps inondé de sueur. Elle venait de faire un rêve atroce... Rejetant les draps, elle se redressa et posa les pieds par terre. Sa longue chemise de nuit rose n'était pas tachée. Il n'y avait pas de sang, elle n'avait pas mal. Du moins physiquement, car son âme et son cœur étaient en proie à une souffrance accablante.

Les bras serrés sur son ventre, Sorrel se balança d'avant en arrière en essayant désespérément d'étouffer sa détresse. Elle était comme un animal blessé et abandonné, elle avait besoin de sentir autour d'elle des bras réconfortants et forts, besoin de sentir contre elle un allié qui la bercerait sans rien dire jusqu'à ce qu'elle ait repris son souffle. Elle avait besoin de Reece.

Machinalement, elle se leva et, les pieds nus sur le carrelage froid, emprunta le long couloir qui menait à la chambre de Reece, dont elle ouvrit la porte. Il dormait sous un drap de coton, un bras rejeté sur le côté. De toute sa personne émanait une force sensuelle, intimidante, excitante. Elle le contemplait, immobile et tremblante, sans oser avancer. Mais soudain, Reece ouvrit les yeux et se redressa sur un coude.

— Qu'est-ce qu'il y a ? Qu'est-ce qui ne va pas ? demanda-t-il dans un murmure inquiet.

Après une seconde d'hésitation, Sorrel ferma la porte derrière elle et s'approcha du lit.

— Est-ce que tu veux bien me prendre dans tes bras ? implora-t-elle d'une voix étranglée.

— Viens, dit-il en lui prenant la main.

Elle se glissa sous le drap et s'étendit sur le côté, en lui tournant le dos. Il l'attira vers lui et la serra fort contre sa poitrine, l'enveloppant de sa force et de son odeur puissante, sécurisante. Sous l'emprise d'une émotion violente qui la fit frémir de tout son corps, elle éclata en sanglots et s'abandonna à son étreinte.

— Ne crains rien, ma chérie, ne crains rien, chuchota-t-il. Je suis là, maintenant...

9.

Chaque tremblement, chaque sanglot de la jeune femme était comme un coup de couteau dans le cœur de Reece. Elle était aussi fragile et désemparée qu'une rescapée qu'il aurait sauvée de la noyade. Devant le désespoir de Sorrel, lui-même aurait voulu pleurer. La gorge serrée, il repensa à tout ce qui leur était arrivé récemment : la perte tragique du bébé, la méfiance qui s'était installée entre eux, la disparition de la complicité amoureuse qui les avait unis.

Il ferma les yeux, savourant cette intimité retrouvée, et respira avec délectation la douce odeur de sa peau, caressa les cheveux soyeux répandus sur l'oreiller. Sorrel lui avait tellement manqué. Plus que n'importe qui au monde… *sauf peut-être sa mère*. Il posa les lèvres sur ses cheveux.

— Essaie de dormir, mon cœur. Je suis là, je ne bouge pas. Je te le promets.

Non, il ne bougerait pas. Quoi qu'il arrive, tremblement de terre, tempête, inondation, il la garderait contre lui toute la nuit, si elle-même le voulait bien.

Emergeant d'un lourd sommeil, Sorrel ouvrit les yeux tout doucement, éblouie par la chaude lumière qui inondait la pièce. Quelque chose lui barrait la poitrine, quelque chose de lourd… Le bras de Reece ! Tout lui revint à sa mémoire : le cauchemar de la nuit dernière, le réconfort qu'elle avait trouvé dans son étreinte protectrice. Il l'avait tenue dans ses bras toute la nuit et n'avait même pas cherché à profiter de cette intimité… Le plus étonnant, c'était qu'elle-même avait pris l'initiative de le rejoindre, et non l'inverse.

Mais, maintenant que son angoisse était passée, qu'allait-elle pouvoir lui dire ? Hébétée, elle regarda le plafond fixement. Son mal de tête l'empêchait de réfléchir… De toute façon, comment penser sereinement près de ce corps étendu près d'elle, ce corps tellement désirable ? Après tous ces mois de séparation, elle avait fini par oublier à quel point il était excitant de partager son lit avec son mari, surtout le matin, au réveil…

Elle bougea la jambe et effleura par inadvertance la cuisse nue et musclée de Reece. A ce contact, une chaleur voluptueuse envahit tout son corps. Il grogna légèrement et retira son bras. En faisant ce geste, il lui effleura le sein, dont la pointe se durcit aussitôt. Sorrel se mordit la lèvre, électrisée par ce contact inattendu.

Enfin, Reece tourna la tête vers elle et lui décocha un sourire lascif. Clignant des yeux face à l'éclat de ce regard émeraude, elle répondit timidement à son sourire.

— Bonjour, dit-elle d'une voix rauque.

Oh oui, c'était un bon jour, songea Reece avec bonheur, puisque Sorrel était revenue de son plein gré dans le lit conjugal. Sans cesser de sourire, il repoussa délicatement une mèche folle, tombée sur la joue de la jeune femme. Le regard de Sorrel avait cet éclat sombre qui ne mentait jamais.

— Bonjour, ma jolie.

— Il est l'heure de se lever. Je meurs d'envie d'une bonne tasse de thé.

— Et moi, je meurs d'envie… d'un baiser.

Avant qu'elle ait pu réagir, il posa sur ses lèvres surprises un baiser lent et brûlant. La caresse fiévreuse de sa langue déchaîna en elle un tourbillon de sensations. Le désir pulsait au fond de son ventre, son cœur battait à toute allure et ses hanches se cambraient contre lui. Les yeux clos, elle se laissa aller à l'extase de ce baiser, savourant la chaleur et le parfum enivrant de son corps.

— Comme c'est agréable, murmura-t-il.

Du bout des doigts, Reece lui taquina la pointe d'un sein. Fasciné, il la regarda durcir sous l'étoffe de la chemise de nuit.

Laissant échapper un soupir, Sorrel fronça les sourcils. Il avait tort de l'enivrer de caresses, elle n'était pas prête pour de telles sensations. D'ailleurs, elle ne faisait qu'obéir au médecin : pas de relations sexuelles avant trois semaines encore. Pour l'heure, elle ne pouvait pas satisfaire Reece et elle ne voulait pas aggraver sa frustration.

— Je dois me lever, déclara-t-elle en s'écartant.

Il laissa retomber sa main et fronça les sourcils.

— Tu es bien pressée, ma chérie. Nous sommes en vacances, tu te souviens ?

— Je… j'ai besoin d'aller aux toilettes.

— Tu n'essaies pas de t'enfuir de nouveau ?

Leurs regards se croisèrent. Troublée par l'inquiétude qu'elle lut dans ses yeux, Sorrel s'assit en tailleur sur le lit et glissa nerveusement les doigts dans ses cheveux.

— Comment ça, m'enfuir ?

— Oui, fuir notre couple, notre intimité… Je ne te demande pas de faire l'amour, Sorrel. Nous n'avons pas besoin d'aller jusque-là. Je peux te donner du plaisir de tant d'autres manières.

Ces paroles pénétrèrent le cœur de Sorrel comme un aiguillon douloureux. Elle était heureuse de savoir qu'il la désirait encore, mais en même temps, elle avait peur. Peur de ne pas mériter le bonheur qu'un tel homme pouvait lui donner. Elle n'avait pas réussi à porter son enfant, cela voulait clairement dire qu'elle était imparfaite en tant que femme.

Qu'avait-elle fait pour attirer sur elle une telle punition ? Avait-elle exigé trop de Reece ? Trop de temps, trop d'attention ? C'était aussi pour elle qu'il travaillait tant, il n'aurait jamais souffert de ne pouvoir lui offrir tout ce qu'elle souhaitait. Sauf qu'il n'avait jamais compris que ce qu'elle désirait, c'était fonder une famille, une vraie, dont il serait partie prenante au lieu d'être toujours absent.

— J'ai… j'ai aimé que tu me prennes dans tes bras la nuit dernière, Reece. Vraiment. Mais je ne me sens pas encore prête pour davantage. Pour dire la vérité… j'ai peur. Je n'arrête pas de penser au bébé, de me dire que je ne suis pas à la hauteur en tant que femme… J'ai été trahie par mon propre corps et parfois, cette pensée m'affole complètement. Surtout, ne t'imagine pas que j'ai voulu jouer avec toi et tes sentiments. C'est… c'est juste que… j'avais besoin que tu me prennes dans tes bras un moment.

— Pourquoi ne m'as-tu pas dit ce qui n'allait pas, ma chérie ? J'aurais pu t'aider. Je peux t'aider. Si tu veux, nous pouvons même essayer de voir quelqu'un au Portugal. J'ai beaucoup de relations, tu sais, je peux demander autour de moi des contacts susceptibles de nous venir en aide. Tu n'es pas seule, chérie. C'est ce que j'essaie de te faire comprendre depuis le début. Ne me tiens pas à l'écart. Et sache que jamais je ne m'imposerai à toi.

Sorrel soupira et ses épaules se détendirent un peu. Elle voyait bien que Reece était déçu de la distance qu'elle lui imposait, mais, d'un autre côté, la tendresse qu'elle lisait dans ses yeux la soulageait. Il comprenait sa douleur et il la partageait. En même temps, il devait se sentir frustré.

Malgré tout son amour et sa bonne volonté, Reece n'était qu'un homme et sa patience avait des limites, durement éprouvées par l'abstinence qu'elle lui faisait subir. Combien de temps accepterait-il d'attendre de la sorte ? Pas longtemps, sans doute. Pour l'instant, heureusement, il avait encore de la compassion pour elle, tout espoir n'était donc pas perdu. Contrairement à ce qu'elle avait pu croire, Reece n'était pas un homme froid et insensible. Ces derniers temps, il avait souffert tout autant qu'elle, mais elle n'y avait pas fait assez attention. A sa décharge, comment aurait-elle pu lui tendre la main alors qu'elle ne savait même pas comment s'en sortir de son côté ?

— Merci, finit-elle par répondre. Je suis heureuse que tu comprennes ce que je ressens. J'ai vraiment besoin qu'on m'aide, Reece, mais je préfère chercher du secours moi-même, quand je me sentirai prête. D'accord ?

— Nous progresserons petit à petit. Personne ne t'oblige à aller plus vite que tu ne le souhaites. Ces derniers temps, nous en avons vu de toutes les couleurs, Sorrel, et je sais que tout ne reviendra pas à la normale du jour au lendemain, comme par magie. Le tout, c'est d'avancer main dans la main. Ensemble, nous pouvons faire des miracles, tu ne penses pas ?

« Si seulement ! », pensa-t-elle. Comment lui dire qu'elle appelait ce miracle de tous ses vœux ? Lui dire que, sans son soutien, elle redoutait de ne pas être assez forte pour accomplir le douloureux chemin vers la guérison ?

Elle lui adressa un sourire timide.

— Oui, je suis tout à fait d'accord avec toi. Bon, eh bien, si je me levais pour préparer le petit déjeuner ?

Il l'enlaça tendrement et l'attira contre lui.

— S'il te plaît, laisse-moi te tenir encore un peu dans mes bras.

Reece était assoupi sur une chaise longue, à côté de la piscine lorsque le téléphone sonna. Se levant à contrecœur, il alla décrocher. C'était Angelina. Automatiquement, son regard se porta sur Sorrel, en grande conversation avec Ricardo qui arrosait les plantes. Il savait qu'elle allait faire toute une histoire à cause de cet appel. Depuis la nuit qu'elle avait passée dans ses bras, elle était plus méfiante que jamais. Elle ne cessait de lui lancer des regards furtifs, comme une biche aux abois. Ils n'avançaient pas. Pire, elle semblait avoir abandonné l'espoir de progresser.

Face à l'intimité émotionnelle qu'ils avaient partagée cette nuit-là, cette reculade n'était que plus frustrante. Reece savait que Sorrel avait besoin d'aide. Il avait eu un bref aperçu de son monde intérieur, un monde de souffrance et de peur qui l'avait ému au plus profond de lui-même. En temps normal, c'était une jeune femme pleine de vie, généreuse, affectueuse, charmante… La perte du bébé avait laissé en elle une plaie béante dont il se demandait si elle guérirait un jour. A vrai dire, il ne savait même pas comment l'aider.

Réprimant un soupir, il se força à porter son attention sur son interlocutrice.

— Vous êtes donc arrivée hier avec Emmanuel. Avez-vous fait bon voyage ?

— Absolument ! Et je suis si heureuse de retrouver ma

ravissante petite villa ! Je serais très heureuse de vous y accueillir à dîner, vous et votre charmante épouse. Demain soir, à 19 heures, cela vous irait ? Parfait. Avez-vous un stylo ? Je vais vous donner l'adresse.

Après avoir raccroché, Reece alla reprendre sa place près de la piscine. Entre-temps, Sorrel s'était installée sur la chaise longue à côté de la sienne. Tandis qu'il s'asseyait, elle lui jeta un regard par-dessus ses lunettes de soleil.

— Qui était au téléphone ?

Reece s'efforça de dissimuler son exaspération sous un air détaché. Pourtant, Dieu sait qu'il en avait assez. L'autre soir, ne lui avait-il pas dit qu'il refusait de marcher sur des œufs avec elle ? Et c'était justement ce qu'il était en train de faire !

— Oh, un client, répondit-il en feignant de lire un journal.

Sorrel se redressa, sidérée. Entre ses yeux, une petite ride était apparue : chez elle, c'était un signe d'inquiétude.

— Tu as dit à un client que tu partais au Portugal ?

— C'est un client très important, Sorrel, répliqua-t-il sèchement. Je ne pouvais pas me permettre de lui dire non.

Intimidée par la dureté de sa voix, Sorrel ne put s'empêcher de se demander s'il lui en voulait de ces vacances forcées… S'il lui en voulait d'avoir laissé momentanément de côté son métier adoré pour se consacrer à une femme qui ne cessait de le repousser.

Les larmes lui montèrent aux yeux.

— Malgré toutes les difficultés que nous traversons en ce moment, tu continues à accorder la priorité à tes clients ?

Il la dévisagea d'un air incrédule puis, jetant le journal par terre, il se leva rageusement et la fusilla du regard.

— Bon sang, Sorrel ! Pour l'amour du ciel, que veux-tu de moi, à la fin ?

A l'autre bout du jardin, Ricardo leva la tête, surpris, et s'éloigna discrètement.

— J'essaie pourtant de faire de mon mieux ! J'ai pris des vacances pour être avec toi, je n'ai cessé de te répéter que je voulais t'aider à t'en sortir mais, de toute évidence, ça ne te suffit pas. Faut-il donc que tu dissèques chacun de mes gestes, chacune de mes paroles pour daigner me témoigner un peu d'affection ou de respect ? Si ça continue comme ça, alors je reconnais que tu avais raison, Sorrel. Nous aurions vraiment dû divorcer !

— Je suis désolée que tu prennes les choses ainsi.

— Désolée, toi ? Pas du tout ! Tu ne fais que te complaire dans ta tristesse et tu veux m'y entraîner, moi aussi. Je n'en peux plus, Sorrel ! Ressaisis-toi, sinon je baisse les bras.

Sur ces mots, il disparut dans la maison avant même qu'elle ait pu réagir.

D'une main tremblante, Sorrel se maquillait les lèvres devant le miroir de la salle de bains. Depuis son esclandre de la veille, Reece ne lui avait pratiquement pas adressé la parole, sauf pour lui dire, sur un ton qui n'admettait pas de réplique, qu'ils étaient invités à dîner ce soir même à la villa d'Angelina Cortez.

Dire que Sorrel avait été choquée d'apprendre que la cantatrice séjournait dans le voisinage en même temps qu'eux était un euphémisme. Dans sa détresse, elle les soupçonnait même d'avoir organisé ce séjour à l'avance. Reece avait forcément parlé à Angelina de leur séjour au Portugal. Autrement, comment aurait-elle eu son numéro de téléphone ?

Il fallait réagir. Reece avait raison : elle ne pouvait plus se permettre de se « complaire dans la tristesse », comme il disait. Son mariage était en jeu. Elle avait perdu son enfant et elle était en train de détruire l'amour de sa vie, un amour sans lequel elle ne concevait pas d'exister. L'idée même de vivre sans Reece faisait naître en elle une angoisse sourde qui la tenaillait au point de la rendre malade.

Une star aussi belle et talentueuse qu'Angelina pouvait avoir à ses pieds tous les soupirants qu'elle voulait, mais pour Sorrel, un seul homme avait jamais compté : Reece. Pour lui, elle allait faire tout son possible afin de se ressaisir. Elle n'avait pas le choix. Pour ne pas le perdre, elle allait faire en sorte qu'il s'intéresse de nouveau à elle, la femme dont il était tombé follement amoureux trois ans plus tôt et qu'il avait épousée, pour le meilleur et pour le pire…

La villa d'Angelina n'avait rien du palace qu'elle s'était figuré. Au contraire, c'était une petite maison simple, quoique décorée et meublée avec beaucoup de goût, une paisible retraite où la star aimait se reposer de temps en temps. La superbe cantatrice les reçut avec son exubérance coutumière mais, à sa grande surprise, Sorrel eut droit au même accueil enthousiaste que Reece.

La belle Espagnole les guida dans un ravissant salon orné de photos de proches et les fit asseoir sur de confortables canapés de cuir blanc. Tandis qu'ils s'installaient, Sorrel glissa un regard vers Reece. Simplement vêtu d'un pantalon et d'une chemise de lin clair qui mettaient en valeur son hâle, il paraissait l'avoir oubliée et n'avait d'yeux que pour Angelina. D'une certaine manière, Sorrel le comprenait. Dans cette robe rouge qui galbait ses formes harmonieuses, les cheveux relevés en un savant chignon, leur hôtesse était d'une beauté à couper le souffle. Lorsqu'elle bougeait, de fins bracelets d'or dansaient à ses poignets avec des tintements délicats et elle exhalait un parfum exotique, enivrant. Par comparaison, avec sa robe sans bretelles de couleur bleue et sa mince étole argentée, Sorrel se sentait bien terne.

— Ma chère Sorrel, j'espère ne pas troubler vos vacances en vous conviant à dîner chez moi, vous et votre mari. Lorsque j'ai eu vent de votre séjour ici, je n'ai pas pu résister au plaisir de vous inviter. Vous savez, en plus d'être le seul imprésario auquel je fasse vraiment confiance, Reece est un ami, un *gentleman* aux manières irréprochables, toujours ! Que souhaitez-vous que je vous serve ? Un peu de vin, peut-être, avant de passer à table ? Mettez-vous à l'aise, nous ne sommes que nous trois, ce soir. Pepe, mon cuisinier, est en train de nous préparer une des petites merveilles dont il a le secret !

— Ma foi, je ne dirais pas non à un verre de vin… merci.

— De même pour moi.

Angelina s'éclipsa pour aller chercher le vin, et un silence pesant tomba.

Gênée, Sorrel lissa sa robe de ses mains.

— Si tu ne voulais pas que je t'accompagne, il fallait me le dire, observa-t-elle d'un ton cassant.

Devant son air blessé, Reece s'abstint de lâcher la réplique cinglante qui lui brûlait les lèvres. Pourtant, pareille injustice le sidérait. Si Sorrel lui avait laissé entendre qu'elle jugeait cette invitation inopportune, il l'aurait très certainement déclinée et serait resté à la maison, avec elle. Mais elle n'avait rien dit. A coup sûr, elle lui en voulait d'avoir accepté cette soirée chez Angelina et ce soir, à leur retour chez eux, il devait s'attendre à une autre dispute. A cette pensée, il eut envie de sauter dans le premier vol pour Londres. Mais à quoi bon fuir ? Tôt ou tard, il faudrait qu'ils s'expliquent tous les deux sur leur avenir… même si chaque jour qui passait voyait s'éloigner la possibilité d'un avenir commun.

— Je voulais vraiment que tu viennes, lança-t-il, exaspéré.

Même si Sorrel le poussait à bout, il se méprisait d'être agressif alors qu'elle avait tant souffert ces derniers mois… Son regard s'attarda sur la mince silhouette de la jeune femme, si jolie dans cette petite robe simple assortie d'une étole aérienne. Tout à coup, il eut envie de l'embrasser comme l'autre matin, lorsqu'ils s'étaient réveillés dans le même lit. Il aurait tellement souhaité revivre un tel moment d'intimité. Malheureusement, depuis ce jour-là, Sorrel avait de nouveau sombré dans sa solitude mélancolique et Reece n'avait osé faire aucune avance, sachant qu'elle l'aurait repoussé.

— Reece… s'il te plaît, je voudrais tant que nous…

Elle s'interrompit : Angelina revenait avec un plateau chargé de verres et d'une carafe de vin. De nouveau, son parfum capiteux envahit la pièce.

— Au fait, je suis désolée que mon petit Emmanuel n'ait pas pu vous dire bonsoir, mais le cher petit avait tellement sommeil. Il n'a que cinq ans, vous savez ce que c'est, avec les petits enfants, remarqua-t-elle en se tournant vers Sorrel.

Blessée, celle-ci se tourna vers Reece, mais elle lut dans le regard de son mari un tel sentiment de panique et de regret qu'elle se força à dominer sa douleur.

— Ma sœur a deux jeunes enfants, soupira-t-elle en affectant de sourire, donc oui… je sais qu'à cet âge-là, on se fatigue vite.

En fin de soirée, au terme d'un magnifique repas, Angelina insista pour leur faire visiter le jardin de sa charmante villa. Alors qu'ils se levaient pour la suivre, Sorrel demanda où étaient les toilettes et, les laissant tous les deux, elle alla s'isoler un instant dans la petite pièce carrelée de faïence bleu turquoise.

Contre toute attente, ce dîner avait été un plaisir, en tout cas, beaucoup moins fatigant qu'elle ne l'avait redouté. Pourtant, au fil de la soirée, la lassitude l'avait gagnée, et maintenant, en voyant son pâle reflet dans la glace des toilettes, elle se sentait comme une comédienne sous l'éclairage peu flatteur des loges.

Elle consulta sa montre avec un léger soupir. Dans combien de temps pourraient-ils prendre congé sans vexer leur hôtesse ? A présent, elle regrettait de ne pas avoir vu le petit garçon d'Angelina. Non qu'elle désirât se complaire dans son chagrin d'avoir perdu son bébé : elle aimait les enfants et préférait leur compagnie à celle des adultes. Brusquement, elle prit conscience que son neveu et sa nièce lui manquaient et elle décida d'appeler Melody le lendemain, pour les voir dès son retour à Londres.

Elle se lava les mains dans l'évier de marbre avec un savon parfumé au chèvrefeuille. Puis elle se recoiffa, appliqua une touche de rouge sur ses lèvres et sortit rejoindre Reece et Angelina.

10.

— Donc, vous réfléchirez à ce que je vous ai dit, *querido* ? Vous savez que c'est très important pour moi.

Sous le choc, Sorrel s'immobilisa derrière une haie de fleurs aux senteurs capiteuses. De quoi cette femme parlait-elle à Reece sur le ton de la confidence ? Essayait-elle de l'entraîner dans une liaison ? Ou étaient-ils déjà amants ? Sorrel en aurait été désespérée, mais pas surprise : sa propre tristesse l'avait trop longtemps rendue aveugle aux besoins de Reece.

Mais cette conversation était sans doute professionnelle… Piètre consolation : si Angelina venait de lui demander de s'occuper de sa tournée américaine, Reece serait de nouveau sur les routes pendant des mois, dans l'intimité quotidienne d'une femme sublime… Autant dire que leur mariage était fichu.

— Je vous promets d'y penser sérieusement, Angelina, répondit Reece d'une voix engageante. Pour l'instant, je ne peux guère vous en dire plus, mais je ne manquerai pas de vous téléphoner dans quelques jours.

Prise de vertige, le cœur dévoré de soupçons et d'angoisse, Sorrel poussa un long soupir tremblant. Allons, elle devait les rejoindre. Pour rien au monde elle n'aurait souhaité leur laisser penser qu'elle les espionnait. Sa situation était déjà assez compliquée comme cela.

Elle se força à sourire et à avancer vers eux d'un pas léger.

— Me voilà !

Reece tourna la tête vers elle sans lui rendre son sourire. Vexée, Sorrel préféra s'adresser à Angelina :

— Est-ce que je peux faire un petit tour dans le jardin ?

— Mais bien entendu, ma chère. A toute à l'heure ! s'exclama l'Espagnole en agitant la main avec empressement.

En s'éloignant, Sorrel la vit prendre le bras de Reece avec un naturel déroutant et l'entraîner dans la direction opposée à la sienne...

Tard dans la nuit, Reece sortit sous la véranda, un verre de whisky à la main, et s'arrêta pour respirer l'air frais et embaumé par la lavande et les bougainvillées. Il demeura un instant immobile à écouter le doux crissement des grillons. Sorrel était partie se coucher depuis longtemps, le laissant seul avec ses pensées, ses frustrations, sa souffrance.

Plus il réfléchissait, plus une pensée s'imposait à son esprit : il devait rendre à Sorrel sa liberté. A quoi bon la retenir auprès de lui ? De toute évidence, elle ne l'aimait plus. A un moment donné, il ignorait comment, une cassure était survenue entre eux, anéantissant les vœux qu'ils avaient prononcés avec tant de ferveur à l'église. A présent, il ne lisait plus dans ses yeux ce désir insensé, elle ne lui souriait plus, et même, elle semblait ressentir pour lui du mépris... Surtout depuis la perte du bébé.

Avec un soupir, il appuya le verre froid contre son front et frissonna violemment. Ce bébé, aurait-il été une fille ou un garçon ? Aurait-il eu les cheveux blonds de sa mère, ses yeux verts à lui ? « Ne pense pas à tout ça, tu te fais du mal », lui souffla une voix intérieure. De toute façon, il aurait aimé ce bébé, quel qu'il fût. Il aurait tellement désiré avoir un enfant de Sorrel...

Mais, après tout, peut-être tirait-il trop vite un trait sur cet espoir ? Un jour, elle serait prête à surmonter le traumatisme de sa fausse couche, et il essaierait de la convaincre. Autrement, il devrait se résoudre au terrible regret de ne jamais devenir père. Car, pour l'instant du moins, l'idée d'avoir un enfant avec une autre femme lui faisait horreur.

Reece regrettait de ne pas avoir parlé sérieusement avec Sorrel de ce qu'elle attendait de leur mariage. Il savait qu'elle n'avait jamais souhaité jouer les épouses décoratives, pas plus qu'elle n'avait eu le souci de sa carrière : l'univers de la mode et son charme clinquant n'avaient jamais fait naître en elle la moindre étincelle d'ambition. Elle n'était pas du genre à se laisser dicter sa vie, elle avait même des idées très tranchées sur ce point, et deux d'entre elles apparaissaient clairement à Reece. Tout d'abord, Sorrel voulait devenir mère. Ensuite, elle ne désirait plus vivre avec lui.

D'un trait, Reece vida son verre et savoura la douce brûlure du whisky. Il n'était pas homme à abandonner facilement ce qui lui était cher, mais d'un autre côté, il souffrait de la voir si malheureuse. Il n'avait pas le droit de l'obliger à rester avec lui. Sa résolution était prise : demain, il lui proposerait le divorce. Il lui annoncerait son intention de lui verser une pension alimentaire généreuse afin de lui offrir un nouveau départ. Dès leur retour à Londres, ils reprendraient rendez-vous chez Edward Carmichael et ils expédieraient les formalités qu'ils auraient dû accomplir quelques semaines auparavant.

Après cette discussion, il téléphonerait à Angelina pour lui confirmer son accord concernant la promotion de sa tournée américaine. Cet engagement l'obligerait à partir à l'étranger pendant au moins un an, ce qui laisserait le temps à Sorrel de s'installer dans sa nouvelle vie. Quant à lui, il pourrait essayer d'oublier son cher ange blond.

— Reece ?

Il tressaillit et faillit lâcher son verre. Se retournant lentement, il vit Sorrel sur le seuil de la véranda, immobile et diaphane dans une longue nuisette de soie vert tendre assortie à sa robe de chambre. Ses cheveux détachés tombaient sur ses épaules rondes en une cascade brillante et douce qui invitait aux caresses. Sourcils froncés, il la contempla en silence pendant une minute, fasciné encore une fois par sa beauté irréelle.

— Que veux-tu ? demanda-t-il d'une voix que la fatigue et l'alcool rendaient rauque.

— Tu ne vas pas te coucher ?

— Puis-je savoir ce que tu entends exactement par là, Sorrel ?

Sans le vouloir, il avait prononcé cette réplique sur un ton mordant. Posant son verre sur la table de la véranda, les mains sur les hanches, il la regarda franchement.

— Euh… eh bien… je veux dire, est-ce que tu vas te coucher, parce que…

Rouge comme une pivoine, elle s'interrompit et baissa la tête.

— Parce que je voudrais dormir avec toi, acheva-t-elle en déglutissant avec difficulté.

Sorrel leva vers lui des yeux timides. La mâchoire serrée, il fixait sur elle un regard impénétrable. Eperdue, elle se demanda s'il était trop tard pour lui tendre la main, s'il la comparait à la belle Angelina Cortez... A cette pensée, son cœur se mit à battre si fort qu'elle en eut le vertige.

— Tiens donc ! dit-il, railleur. Et depuis quand ?

Il croisa les bras sur sa large poitrine et le bracelet de sa montre en or brilla d'un éclat froid. Frissonnante, Sorrel frotta ses mains sur sa chemise de nuit.

— Je t'en prie, ne sois pas cynique. Si tu savais comme c'est difficile pour moi...

— Allons, que t'arrive-t-il, Sorrel ? Attends, ne me dis pas. Tu as fait un cauchemar, c'est ça ? Et tu voudrais maintenant que je te réconforte. Parce que je ne suis bon qu'à éloigner les cauchemars, n'est-ce pas ?... A moins que ce soit moi qui t'en donne. Qu'en penses-tu ?

— As-tu tous tes esprits ? demanda-t-elle en jetant un regard nerveux au verre vide sur la tablette.

Elle aurait mieux fait de le laisser à ses pensées, elle le voyait. Bien sûr, il était stupide de s'attendre à ce qu'il saute de joie devant cette timide invite.

Reece haussa les épaules avec lassitude.

— Retourne te coucher, Sorrel. Cette petite comédie a duré assez longtemps. Il est un peu trop tard pour jouer aux épouses modèles, tu ne penses pas ?

Frappée en plein cœur par la dureté du reproche, elle serra les poings et leva vers lui des yeux déterminés.

— Je ne joue aucun rôle, Reece. Mon désir est sincère. Je sais que tu as des besoins, toi aussi, et que je... comment dire... je les ai négligés à cause de tout ce qui nous est arrivé. Je suis désolée. Vraiment.

Surpris, Reece la considéra en silence un instant, incapable d'étouffer un frémissement d'espoir. A sa grande surprise, leur discussion n'avait pas dégénéré... Sorrel lui avait tendu la main… Et il ne tenait qu'à lui d'accepter son invite. Or, il ne désirait rien de plus au monde.

— Des excuses ? Tu m'étonneras toujours, Sorrel.

Malgré son ton légèrement acerbe, ces paroles étaient exemptes de cruauté ou de mépris, et Sorrel se détendit un peu.

— As-tu seulement idée du désir que j'ai de toi ? demanda-t-il. Parfois, je me dis que tu es entrée dans ma vie pour me rendre fou.

Il fit quelques pas vers elle.

— En es-tu consciente, Sorrel ?

Tremblante, elle ramena sur sa poitrine les pans de sa robe de chambre. Reece s'immobilisa devant elle, enivré par le parfum de son corps. Chaviré par un vertige voluptueux, il contempla en silence le regard tourmenté de la jeune femme, sa peau nacrée et douce.

— Tu veux vraiment passer la nuit avec moi ?

— Je…

Elle se mordit la lèvre.

— Oui, acheva-t-elle dans un souffle.

— Eh bien, allons nous coucher, d'accord ?

Lui prenant doucement la main, il la guida jusqu'à sa chambre, au bout du long couloir.

Elle posa sa robe de chambre sur une chaise et se glissa dans le lit. Reece se dévêtit rapidement. Il était magnifique.

Retenant son souffle, Sorrel promena un regard avide sur sa poitrine, son ventre plat et musclé, recouvert d'une légère toison de poils blonds qui disparaissait sous la ceinture du caleçon. Elle mourait d'envie de le toucher, de caresser sa peau douce et souple qui laissait deviner le dessin ondoyant de ses muscles.

Il éteignit la lumière et enleva son caleçon avant de se

glisser dans la fraîcheur des draps. Au contact de sa peau brûlante, Sorrel ressentit des picotements agréables sur sa peau. Elle voulait être à lui, tout entière, comme avant. Lui prouver que, malgré les désaccords qui avaient terni leur mariage, elle restait sa femme, qu'elle n'avait jamais cessé de l'être… sur le plan sexuel, au moins car, de ce point de vue-là, l'entente avait toujours été parfaite entre eux. Toujours.

Reece lui décocha un sourire malicieux.

— Maintenant que je suis à toi, puis-je savoir ce que tu comptes faire de moi ?

Elle sourit. Quoi qu'il arrive, dans l'intimité du lit, ils étaient sur la même longueur d'onde.

Elle s'approcha de lui et caressa légèrement le torse et le ventre. Tout de suite, elle sentit qu'il se raidissait, que sa respiration s'accélérait.

Lentement, elle laissa glisser les fines bretelles de sa nuisette sur ses épaules, dévoilant le creux de ses seins.

— Sais-tu qu'il existe plus de soixante-dix mille terminaisons nerveuses dans tes mains ? dit-elle. Ferme les yeux. Je vais te montrer.

Il obtempéra avec un frémissement de désir et d'attente. Sorrel lui prit les mains et les posa sur ses épaules, le laissant apprécier la douce texture de sa peau, puis, lentement, résolument, elle les fit descendre sur sa gorge jusqu'à la pointe des seins, qu'il caressa doucement. Elle se mordit la lèvre inférieure pour ne pas gémir de plaisir. Enfin, d'un léger haussement d'épaules, elle fit glisser sa nuisette, exposant ses seins à l'exploration avide de ses mains.

— Tu vois ce que je veux dire ? murmura-t-elle en effleurant son visage de ses doigts.

Reece ouvrit les yeux et contempla avec ravissement les

beaux seins pâles qui pointaient sous ses doigts. Il en avait le souffle coupé.

— Laisse-moi t'embrasser, supplia-t-il d'une voix rauque.

Sorrel s'écarta avec un petit sourire taquin.

— Pas encore. C'est moi qui commande, rappelle-toi.

Avec un soupir de vaine protestation, il la laissa le guider le long de sa taille, jusqu'à ses hanches. Elle se pencha de nouveau et, de sa langue de velours, elle taquina un de ses mamelons et se mit à lécher son torse, lui arrachant des tressaillements de plaisir tandis qu'elle s'aventurait de plus en plus bas.

Enfin, l'ayant amené au bord de la jouissance, elle referma les lèvres sur lui.

Reece se sentit défaillir sous la caresse de sa bouche gourmande. Il la désirait comme jamais auparavant, il voulait jouir d'elle et lui rendre au centuple le bonheur qu'elle lui donnait. Le corps enflammé d'un désir presque intolérable, il écarta doucement Sorrel et, la redressant, il l'embrassa à pleine bouche.

Elle gémit et se pressa contre sa poitrine.

— Maintenant, allonge-toi sur le dos, murmura-t-elle.

Il obéit en souriant. Ses yeux émeraude brillaient d'une lueur lascive qui la fit fondre de plaisir. D'une main résolue, il la fit asseoir sur lui. Sorrel soupira de volupté. C'était tellement merveilleux, cette intimité retrouvée. Comment avait-elle pu endurer une telle privation pendant si longtemps ?

Remarquant qu'elle avait gardé sa culotte de dentelle noire, les yeux de Reece prirent une expression d'inquiétude et de dépit.

— Tu vas bien ? chuchota-t-il en lui caressant le ventre du dos de la main.

Sorrel savait qu'il pensait au bébé. Elle s'efforça de refouler l'intense souffrance qui pointait de nouveau dans son cœur et, tout doucement, lui caressa la joue.

— Je vais bien. Je ne peux pas encore me donner entièrement à toi, mais cela ne veut pas dire que nous ne pouvons pas prendre du plaisir.

— Vos désirs sont des ordres, ma beauté. Nous avons toute la nuit à nous… et même la journée de demain !

Même s'il plaisantait, Reece savait une chose : les malheurs qu'ils avaient traversés avaient détruit pour toujours l'innocente insouciance de leur amour.

11.

Le lendemain matin, sans attendre le réveil de Reece, Sorrel s'habilla et prit la voiture pour se rendre au marché de la petite ville voisine. Pour la première fois depuis des semaines, elle s'était levée le cœur léger.

Cette dernière nuit avait été merveilleuse. Reece s'était montré tendre, aimant, et elle avait eu le courage et la détermination de lui prouver qu'elle tenait à sauver leur union. Certes, ils n'avaient pas retrouvé le niveau d'intimité des plus beaux jours de leur mariage, mais ils ne s'étaient pas disputés et, au réveil, elle n'avait pas éprouvé d'amertume, de colère ou de ressentiment.

Sans le vouloir, c'était Angelina qui avait fait naître cette résolution en elle. Lorsque Sorrel avait vu son mari au bras de cette femme sublime, elle avait pris conscience de la profondeur de ses sentiments pour lui et elle avait compris qu'elle ne supporterait pas de le voir partir avec une autre. Ensemble, ils trouveraient forcément une solution à la crise qu'ils traversaient. Ensemble, ils allaient réfléchir à la meilleure manière de satisfaire leurs besoins et, avec un peu d'espoir, ils arriveraient à un compromis acceptable pour l'un comme pour l'autre. Elle n'aspirait à rien d'autre au monde.

Après avoir fait provision de fruits et de légumes, Sorrel

déambula dans les ruelles pavées de la vieille ville. Elle leva les yeux au ciel, et son cœur se gonfla d'émotion à l'idée de rejoindre Reece. Ce soir, elle allait donner congé à Inès et préparer un dîner romantique afin de renforcer l'intimité qu'ils avaient retrouvée la nuit précédente.

Mais son insouciance fut de courte durée : en arrivant à la maison, une angoisse sourde s'insinua dans son cœur à la vue d'une Mercedes rutilante garée devant l'entrée.

Alors qu'elle se dirigeait vers la maison, son sac de courses au bras, elle entendit un rire d'enfant, bientôt suivi d'une exclamation ravie. C'était la voix de Reece. Qui avait-il donc invité ?

Au lieu d'entrer directement dans la cuisine, comme elle en avait eu d'abord l'intention, Sorrel fit le tour de la villa. Reece lançait une balle de base-ball à un petit garçon brun vêtu d'un short rouge et d'une chemise à carreaux. L'enfant gambadait sur la pelouse. Assise sur un banc, Angelina observait le jeu en souriant. Avec son tailleur blanc et ses lunettes noires, elle semblait tout droit sortie des pages de mode de *Vogue* ou de *Marie-Claire*…

En se retournant, Reece adressa à Sorrel un signe jovial de la main auquel elle ne répondit pas. Elle était déjà froissée par la présence de la chanteuse, mais elle avait surtout beaucoup de mal à maîtriser son émotion devant le spectacle de Reece jouant avec le garçon… le fils d'Angelina, à n'en pas douter. Reece plaisait aux enfants, il était naturellement à l'aise avec eux. Il aurait fait un bon père pour leur bébé…

— As-tu fait une bonne promenade ? demanda-t-il en l'enveloppant d'un regard possessif.

Il semblait vraiment heureux de la voir.

— Oui.

Les lèvres pincées, incapable de refouler la jalousie qui lui mordait le cœur, Sorrel détourna le regard.

— Comment allez-vous ? demanda-t-elle sèchement à la chanteuse.

— J'espère que je ne vous dérange pas, répondit l'Espagnole de sa voix musicale. Comme je me trouvais dans les parages pour voir un de mes cousins, j'en ai profité pour téléphoner à Reece et lui demander votre adresse. Emmanuel adore jouer au ballon et votre mari est tellement patient avec lui… Il ferait un merveilleux père, ne pensez-vous pas ?

Sorrel serra son sac de commissions contre sa poitrine.

— Je vous demande de m'excuser. Il faut que je range mes affaires.

Elle alla poser son cabas sur la table de la cuisine et se remplit un grand verre d'eau qu'elle but d'un trait. Une sueur froide ruisselait sur son dos, elle frissonnait. « Un merveilleux père »… Qu'avait-elle voulu dire par là ? Ces paroles cachaient quelque chose, elle en était sûre. De là à penser qu'Angelina avait fait allusion au bébé que Sorrel avait perdu… Reece lui aurait-il confié ce secret ? De quoi avaient-ils discuté, tous les deux ? Ils avaient l'air tellement complices…

Prise de faiblesse, Sorrel s'appuya contre l'évier. Mais pourquoi, pourquoi cette femme s'était-elle invitée chez eux, justement aujourd'hui ? Alors que les choses commençaient à s'arranger avec Reece, alors qu'elle voulait passer une journée seule avec son mari, en amoureux, voilà qu'Angelina débarquait sans prévenir et détruisait tous ses projets.

— Sorrel… Oh, quelle ravissante cuisine ! L'avez-vous décorée vous-même ?

Sorrel tourna la tête : Angelina se tenait dans l'embrasure de la porte-fenêtre, rayonnante d'élégance et de jovialité.

Aussitôt, elle se sentit minuscule devant cette femme éblouis-sante, dont le superbe ensemble blanc rendait encore plus ridicule sa tenue à elle : un petit short bleu et un débardeur vert tendre, des vêtements aussi négligés que ses cheveux qui s'échappaient de sa barrette nacrée en longues mèches désordonnées.

— Oh, euh... non... enfin, nous avons confié ce travail à des décorateurs italiens.

— Eh bien, ils ont accompli un travail absolument splen-dide. Il faudra que vous me communiquiez leurs coordon-nées. Ecoutez, ma chère, je suis venue m'entretenir avec vous d'une affaire.

Sorrel posa son verre vide dans l'évier et se tourna à contrecœur vers l'Espagnole. Au même instant, son cabas de paille se renversa et les pommes et les oranges roulèrent sur la table. Angelina attrapa un fruit qu'elle posa en riant dans la corbeille à fruits.

— Je souhaiterais vous emprunter votre charmant mari pour la soirée, si vous le permettez.

La gorge sèche, Sorrel déglutit avec difficulté.

— Que voulez-vous dire ?

— Eh bien, je suis allée demander à mon cousin Alberto s'il voulait bien m'accompagner ce soir à une réception. Malheureusement, il s'est fait mal au dos et a été contraint de me dire non. Comme il serait peu convenable que je m'y rende toute seule, j'avais espéré que Reece pourrait m'aider. Vous ne voyez pas d'inconvénient à ce qu'il m'accompagne, n'est-ce pas, *querida* ?

« Si ! », aurait voulu crier Sorrel. Mais elle se contenta de hausser les épaules d'un air las.

— Je ne suis pas sa mère, Angelina. S'il souhaite vous accompagner, je ne peux pas lui dire non.

— *Sí.*

Un léger sourire effleura les lèvres de la cantatrice, désarçonnée par cette réponse glaciale.

— Je n'en attendais pas à moins de votre part. Bon ! Eh bien, veuillez m'excuser, *querida*, je dois surveiller mon petit Emmanuel.

Reece comprenait le mécontentement de Sorrel, mais le manque de confiance qu'elle persistait à lui manifester l'exaspérait et le décevait. De toute évidence, l'amour et la tendresse qu'il lui avait témoignés la nuit précédente n'avaient pas suffi à apaiser ses soupçons. Pourtant, il ne faisait que rendre service à une amie. De plus, cette situation était tout à fait exceptionnelle et ne serait même pas survenue si le cousin d'Angelina avait été en état de l'accompagner. Alors, pourquoi tant d'histoires ?

Tandis qu'il revêtait le smoking qu'il emportait toujours dans ses voyages, Reece sentait la colère monter en lui. Il en avait assez de cette atmosphère de suspicion, il n'avait pas à se sentir coupable d'un service rendu en toute innocence. Elle voulait lui donner mauvaise conscience ? Eh bien, cela ne marcherait pas.

Il trouva Sorrel dans le salon, occupée à dépoussiérer les étagères dont elle avait posé les livres sur une table basse. Il s'immobilisa, sa colère momentanément envolée.

— Pourquoi fais-tu le ménage ?

Sorrel leva les yeux vers lui et le contempla longuement, comme hypnotisée. Il était vraiment d'une élégance princière. Elle aurait voulu lui dire à quel point elle le trouvait beau… à quel point elle désirait qu'il reste à la maison, mais elle se tut de peur de déclencher une nouvelle dispute. Pour

Reece, les besoins d'Angelina avaient priorité sur ceux de sa femme, c'était comme cela et pas autrement.

— Je voulais remettre un peu d'ordre dans le salon, expliqua-t-elle.

— Inès l'aurait fait si tu le lui avais demandé.

— Je voulais le faire moi-même. Tu me connais… J'aime bien faire mon petit ménage à la maison.

— Oui, je sais, dit Reece en souriant.

« Une vraie femme d'intérieur. », songea-t-il, attendri. En même temps, il continuait de lui en vouloir d'avoir été si froide avec Angelina. Tiraillé entre la tendresse et la colère, Reece ne savait plus comment réagir et cette indécision ajoutait à son exaspération.

— Je risque de rentrer tard, donc ne m'attends pas, annonça-t-il.

— Bien.

Il la regarda en silence.

— Ecoute, je peux encore changer d'avis. Si tu veux que je reste, j'appelle Angelina pour lui dire que je ne viens pas.

Une lueur de surprise traversa le regard de Sorrel.

— Allons, ne sois pas bête, dit-elle avec un sourire furtif. Tout ira bien jusqu'à ton retour. Excuse-moi pour tout à l'heure, je n'aurais pas dû réagir comme ça. Je sais qu'Angelina n'est qu'une cliente, alors profite bien de ta soirée. Tu me raconteras comment ça s'est passé.

A ces mots, Reece sentit l'air circuler plus librement dans ses poumons. Elle faisait amende honorable, donc tout n'était pas perdu…

— Bon… ne reste pas debout trop tard, je ne veux pas que tu te fatigues. Essaie de te coucher de bonne heure, ça te fera certainement beaucoup de bien.

— Ne t'inquiète pas. Dès que j'en aurai fini avec ce ménage, j'irai au lit avec un livre et une bonne tasse de thé. Allons, dépêche-toi, tu vas être en retard.

En cet instant, Reece aurait voulu s'attarder avec elle, retrouver un peu de cette paix merveilleuse à laquelle ils avaient goûté la veille.

Il s'approcha de Sorrel. Inclinant la tête, il effleura sa joue de ses lèvres.

— A plus tard, murmura-t-il.

Par un énorme effort de volonté, il se détourna et sortit.

Dès que la porte se referma derrière lui, Sorrel poussa un long soupir et laissa tomber la tête sur la poitrine. Sa joue brûlait encore de ce baiser furtif, un léger parfum d'après-rasage flottait dans l'air, éveillant son désir.

Elle voulait accorder toute sa confiance à Reece, mais, malgré tout, comment ne pas penser qu'elle venait de lui donner l'occasion de poursuivre — ou pire, de commencer — une liaison avec la belle cantatrice ? Et donc, comment ne pas trembler ?

La nuit n'offrit aucun repos à Sorrel. Alors que l'horloge sur la table de chevet égrenait les secondes, les minutes, puis les heures, la jeune femme sentait sourdre en elle une angoisse grandissante. Reece se trouvait en ce moment avec Angelina. Que se passait-il entre eux ? Avaient-ils une liaison, comme dans le rêve terrible qu'elle venait de faire ?

Fatiguée de se tourner et se retourner dans son lit, Sorrel finit par rejeter les couvertures. Elle se redressa, le cœur battant. L'horloge indiquait 4 heures du matin et déjà, les lueurs de l'aube commençaient à s'insinuer dans la chambre. Il l'avait prévenue qu'il rentrerait tard, mais tout de même... Il était sûrement arrivé quelque chose.

« Du calme ! », essaya-t-elle de se raisonner. Peut-être lui avait-il téléphoné pendant son sommeil. En proie à une anxiété irrépressible, elle se leva et, enfilant rapidement sa robe de chambre, se rendit dans la cuisine. Au passage, elle jeta un coup d'œil dans la chambre de Reece : personne.

L'esprit ailleurs, elle se prépara une tasse de thé et alla s'asseoir à la table de la cuisine. Tournant une cuillère distraite dans le breuvage brûlant, qu'elle avait d'ailleurs oublié de sucrer, Sorrel cédait aux assauts de son imagination tourmentée. Avec une complaisance douloureuse qui lui mettait les larmes aux yeux, elle pensait aux ébats passionnés auxquels son mari et cette femme devaient être en train de se livrer.

Mais si le pire s'avérait vrai, s'il avait une aventure avec Angelina, Sorrel sentait qu'elle ne pourrait s'en prendre qu'à elle-même. Elle n'aurait pas dû attendre aussi longtemps pour lui dire qu'elle l'aimait, pour se soucier de ce qu'il éprouvait. Certes, la veille, un semblant de complicité avait rejailli des cendres de leur relation, mais Reece pouvait très bien penser qu'elle avait fait l'amour avec lui seulement parce qu'elle se sentait coupable… S'il était maintenant dans le lit d'une autre, c'était par sa faute à elle. Après tout ce qu'elle lui avait fait subir, pourquoi s'étonner s'il cherchait à présent le réconfort auprès d'une femme aussi séduisante qu'Angelina ?

Dévorée par l'angoisse et les remords, elle sortit sur la terrasse pour respirer l'air frais du matin. Mais tandis que le soleil se levait sur une nouvelle journée, elle ne pouvait s'empêcher de penser que tout était fini entre elle et Reece…

L'accident s'était déroulé comme dans un film au ralenti. Reece s'apprêtait à tourner à gauche lorsque, surgie de nulle part, une Porsche noire les avait heurtés de plein fouet sur le côté droit. Celui d'Angelina. L'impact avait été d'une violence extrême même si, par chance, le chauffard avait pu ralentir dès qu'il les avait vus. Une chose était claire : si Reece n'avait pas eu la présence d'esprit de louer une voiture blindée, Angelina aurait perdu la vie. Mais elle souffrait quand même de fractures à un bras et à une jambe, et son beau visage avait plusieurs contusions.

Transportée à l'hôpital dans les plus brefs délais, elle était maintenant hors de danger.

Reece, quant à lui, n'en revenait pas de s'en être tiré sans une égratignure. Tout aurait pu être tellement plus grave : ils avaient frôlé la catastrophe. Pourtant, loin d'être soulagé, Reece se sentait coupable envers Angelina, et cette pensée le tourmentait plus que n'importe quelle souffrance physique.

Quelques heures plus tard, admis au chevet de la jeune femme, il lui promit de téléphoner à son cousin Alberto pour l'aviser de la situation et lui demander de garder Emmanuel pendant la convalescence de sa mère. Puis, après s'être offert le réconfort d'un café noir et serré, il se dirigea vers une cabine téléphonique.

C'est seulement lorsqu'il eut parlé à Alberto que Reece s'autorisa à penser à Sorrel. Sur le point de reprendre le combiné, il se ravisa. Selon toute vraisemblance, elle devait être en train de dormir. Autant ne pas la déranger : un coup de fil en pleine nuit risquait de l'affoler pour rien. Mieux valait sans doute attendre de rentrer pour lui raconter tout ce qui s'était passé.

*
**

Enfin, au petit matin, Sorrel entendit un crissement de pneus sur le gravier. Alors qu'elle se précipitait à l'extérieur, elle distingua dans l'allée une voiture rouge qu'elle ne connaissait pas. C'était un taxi. Pétrifiée, la gorge sèche, elle regarda Reece sortir du véhicule et se diriger vers elle. Ses cheveux ébouriffés et ses joues mal rasées réveillèrent instantanément ses pires craintes. Sa première impulsion fut de se précipiter vers lui, mais elle se retint.

— Qu'est-il arrivé ? J'ai cru devenir folle d'inquiétude !

Le visage fermé, il lui jeta un bref regard en passant devant elle. Elle le suivit d'un pas incertain dans la cuisine. Là, il se remplit un verre d'eau qu'il but à grandes gorgées. Dévorée d'angoisse, Sorrel ne le quittait pas des yeux.

— Au nom du ciel, Reece, dis-moi ce qui est arrivé ! Pourquoi es-tu aussi en retard ? Etais-tu avec Angelina ?

— Bien sûr que j'étais avec elle. Qu'est-ce que tu croyais ?

Sorrel blêmit comme si elle avait reçu un coup en pleine poitrine.

— Et tu oses me le dire en face ! Comment as-tu pu me faire ça ?

— Quoi ? Mais qu'est-ce que tu racontes ?

— Tu as passé la nuit avec Angelina, répondit-elle, oppressée. Pendant que je me rongeais les sangs, toi, tu étais au lit avec cette femme !

Il fixa sur elle un regard stupéfait.

— Comment peux-tu penser une chose pareille ?

— C'est bien la conclusion qui s'impose, non ? Tu me laisses dans l'angoisse, sans me téléphoner pour me dire où tu es, sans m'avertir de ton retard, et tu débarques à l'aube, comme un... un sale...

— Eh bien, vas-y, Sorrel. J'attends. Tu allais dire ?...

Les bras croisés sur la poitrine, il la transperçait d'un regard glacial. Sorrel se raidit, consciente d'avoir dérapé.

— Nous avons eu un accident, lâcha-t-il enfin d'une voix sourde et amère. Une voiture nous a heurtés et j'ai dû conduire Angelina à l'hôpital.

Sorrel ne put retenir un hoquet de stupeur et tendit la main vers lui, mais il s'écarta aussitôt. Elle s'efforça de refouler le chagrin que lui causait ce geste de rejet et croisa les bras sur la poitrine. Comment se rattraper ? Déjà la veille, elle avait été d'une grossièreté inexcusable envers Angelina. Et maintenant…

— Elle n'a rien de grave, j'espère ? demanda-t-elle dans un souffle.

Reece haussa les épaules, dénoua sa cravate et la jeta sur la table.

— Elle a une jambe et un bras cassés, et des contusions au visage. Je pense qu'elle n'oubliera pas cette soirée de sitôt, conclut-il d'un air sinistre.

— Reece, si tu savais comme je suis désolée… Mais, et toi, tu n'as rien ?

— Pas une égratignure, dit-il avec un sombre sourire. Grâce soit rendue à mon ange gardien.

Il se passa la main sur la nuque avec lassitude.

— Je n'ai pas envie de me disputer avec toi en ce moment, Sorrel, poursuivit-il, mais laisse-moi te dire que je ne te pardonnerai jamais une accusation aussi déplacée. Maintenant, tu voudras bien m'excuser, mais je vais prendre une douche et me raser avant d'aller faire une déclaration à la police. Pendant ce temps, pourrais-tu téléphoner à Ricardo pour lui demander de venir me chercher ?

— Oui, bien sûr, mais…

— Il n'y a pas de mais. Nous terminerons cette conversation à un autre moment. Car ne t'inquiète pas, nous ne nous sommes pas tout dit.

Sorrel hocha la tête tristement. Pour sa part, elle aurait voulu lui dire à quel point elle s'en voulait, qu'elle implorait son pardon, qu'elle souhaitait se racheter… Elle savait qu'il se sentait responsable de cet accident et elle aurait voulu soulager sa culpabilité. Elle l'aimait, et elle aurait tant souhaité qu'il le sache. Mais il ne voulait pas l'écouter. Il n'en avait ni le temps, ni l'envie.

— Je vais tout de suite téléphoner à Ricardo, se contenta-t-elle de dire. Veux-tu que je te prépare un café avant que tu prennes une douche ? Ça te ferait du bien, je crois.

Il fixa sur elle un regard dur et triste.

— Je ne veux pas de café. Pour tout dire, je ne veux plus rien de toi. Téléphone donc à Ricardo et laisse-moi m'occuper du reste.

Puis, sans plus lui accorder un regard, il tourna les talons et quitta la pièce.

Jamais, de toute sa vie, Reece ne s'était senti autant déprimé. Après les formalités au poste de police, il était allé rendre une autre visite à Angelina, et la détresse de l'Espagnole l'avait bouleversé. Il regrettait tellement d'avoir accepté de l'accompagner à cette maudite soirée…

Et voilà qu'en plus, Sorrel renouvelait ses accusations d'infidélité. C'en était trop, vraiment trop. Il n'en pouvait plus de ces soupçons continuels, de cette tristesse, de ces colères à répétition. Il n'avait rien fait pour mériter tout cela. Tous ses efforts pour se rapprocher d'elle n'avaient servi à rien, force était de le constater. Il ne comptait plus les rebuffades qu'elle lui avait infligées depuis leur arrivée au Portugal. Il avait tout essayé, mais maintenant, il se sentait vide, inerte, découragé. Il était résolu à en finir.

Tandis que Ricardo le reconduisait à la maison, Reece réfléchissait à ce qu'il allait dire à Sorrel. Elle ne serait peut-être pas prête à l'écouter. Ou peut-être, au contraire, attendait-elle cela en secret. Mais peu importait. Au bout du compte, il agissait pour leur bien à tous les deux.

Sortant de la voiture, Reece trouva Sorrel sous la véranda, allongée sur une chaise longue. Pieds nus, vêtue d'un short de lin blanc et d'un débardeur turquoise, elle semblait perdue dans ses pensées.

Il s'immobilisa, hésitant un instant à la déranger. Enfin, il prit une brève inspiration et lui toucha légèrement l'épaule. Elle ôta ses lunettes noires et, la main en visière, leva vers lui un regard surpris. Captivé par ses yeux d'un bleu pur, fascinant, Reece en oublia presque ce qu'il était venu lui dire.

— Ça va ? finit-il par demander.

Sorrel allait lui poser la même question.

— Oui, se contenta-t-elle de répondre, ne sachant pas s'il était dans de meilleures dispositions à son égard que tout à l'heure.

Puis, après un bref silence circonspect, elle se hasarda à l'interroger :

— Est-ce que tout s'est bien passé au commissariat ? Et Angelina, comment va-t-elle ?

— La police a enregistré ma déclaration. Heureusement pour moi, le type qui conduisait la voiture assume l'entière responsabilité de l'accident. Je t'ai dit que j'avais un ange gardien, observa-t-il avec un sourire amer. Quant à Angelina… eh bien, sa convalescence va prendre beaucoup de temps, mais les médecins m'ont dit qu'elle était incroyablement résistante et courageuse. En fait, elle se fait davantage de souci pour son petit garçon que pour elle-même.

Une vague de compassion et de culpabilité submergea Sorrel.

— J'espère vraiment qu'ils ne seront pas séparés long-temps. En attendant, qui garde le petit ? Le personnel de la villa ?

— Non, son cousin et la femme de celui-ci, mais Emmanuel les connaît bien.

— Ah. C'est déjà ça. Mais ce n'est pas comme d'être avec sa maman.

— Non.

Les mains dans les poches, il fit quelques pas et se retourna lentement vers elle.

— Les jours qui viennent, je vais continuer à lui rendre régulièrement visite à l'hôpital. Son manager arrive dès demain pour la voir et on peut s'attendre à voir les journa-listes débarquer bientôt, si ce n'est déjà le cas.

Sans savoir pourquoi, Sorrel sentit son cœur se serrer.

— Je peux t'accompagner, si tu veux, proposa-t-elle pour faire diversion. Je pourrais aussi m'occuper quelque temps d'Emmanuel pour soulager le cousin d'Angelina.

Avait-elle dit cela par pure politesse ? Pas seulement. Elle avait vraiment envie de faire la connaissance du petit garçon. Et, surtout, elle éprouvait le besoin de se faire pardonner sa froideur, ses soupçons. Mais Reece secoua la tête en signe de refus. Il sortit de sa poche une main qu'il passa nerveusement dans ses cheveux.

— Je voudrais que tu rentres en Angleterre, Sorrel. Nos vacances sont finies, à présent. Tu devrais retourner chez ta sœur, elle te tiendrait compagnie. Moi, je ne sais pas encore quand je rentrerai. De plus, j'ai du travail en retard.

Blême, Sorrel serra les accoudoirs de son fauteuil.

— Mais… et si je n'ai pas envie de repartir tout de suite ? Imagine que je souhaite rester ici, avec toi…, protesta-t-elle d'une petite voix plaintive.

Reece poussa un profond soupir et Sorrel sentit son cœur s'arrêter de battre dans sa poitrine.

— C'est précisément ce que je ne veux pas. Tu te souviens, quand nous nous sommes quittés, ce matin, je t'ai dit que nous terminerions cette conversation à un autre moment. Eh bien, voici ce que je voulais te dire. Pour ce qui est de notre mariage, c'est fini. Nous avons fait de notre mieux pour sauver notre couple, mais ça n'a pas marché. N'en parlons plus.

12.

Les yeux écarquillés, tremblante, Sorrel le dévisageait sans comprendre.

— Tu n'es pas sérieux... Tu ne penses pas ce que tu dis, n'est-ce pas ? Tu es bouleversé à cause de l'accident, c'est tout. Je ne veux pas rentrer toute seule, je ne veux pas aller chez Melody. Après tout ce qui s'est passé, ma place est ici, avec toi.

— Si tu penses que ta place est avec moi, pourquoi m'as-tu quitté il y a trois mois ?

Oh, non ! Il en était resté là ? A une histoire qu'elle avait cru réglée depuis longtemps ? Ils n'en finiraient donc jamais...

Sorrel se leva et planta son regard dans celui de Reece.

— Je croyais t'avoir expliqué tout ça, répliqua-t-elle, mais de toute évidence, tu n'as pas compris. Je suis partie parce que tu te donnais trop à ton travail et pas assez à ton mariage. C'est vrai, j'aurais pu t'accompagner dans tes déplacements, mais ce n'était pas ça que je voulais. Ce que je voulais, c'était un foyer, Reece, un foyer et une famille.

Voilà, c'était dit. Mais Reece s'obstinait à la regarder d'un air froid qui la faisait frissonner.

— Quand une femme est amoureuse d'un homme, il est

135

naturel qu'elle souhaite avoir un enfant de lui, insista-t-elle en désespoir de cause. Tu avais raison, Reece, je ne suis pas une femme carriériste. Ce n'est pas l'ambition qui m'a poussée à devenir mannequin, simplement les circonstances, mais cela ne veut pas dire que j'ai forcément tort dans tous mes choix de vie, n'est-ce pas ?

Et lui, pensa Reece, avait-il jamais réussi à la rendre heureuse ? Tandis qu'il regardait son beau visage décomposé par le chagrin, il éprouva un élan de compassion pour elle. Il désirait de tout son cœur qu'elle trouve le bonheur... le bonheur et la sérénité. Ils y avaient droit, l'un comme l'autre, mais la situation présente rendait impossible l'accomplissement de ce désir. Pour difficile qu'elle fût, la rupture était la meilleure solution. Et si le destin voulait que Sorrel trouve le bonheur dans les bras d'un autre, il l'accepterait... même si tout son être souffrait et se révoltait à cette idée.

— Je ne dis pas le contraire, Sorrel, répliqua-t-il. Je ne remets pas en cause tes choix de vie. Tout ce que je te dis, c'est que je n'en peux plus de cette situation. Nous n'avons pas avancé, tu continues à me soupçonner... Cela suffit. Mieux vaut nous séparer, refaire notre vie chacun de notre côté, peut-être avec quelqu'un d'autre. Et puis, je crois vraiment que tu devrais chercher de l'aide. Autrement, ta situation ne va pas s'améliorer.

— J'ai besoin de ton aide à toi, et pas de celle d'un autre, répliqua-t-elle d'une voix étranglée. Ecoute, je suis sincèrement désolée d'avoir été aussi jalouse. C'est vrai. Seulement, j'ai agi par crainte, par manque de confiance en moi. J'avais peur que tu ne t'intéresses plus à moi. J'aurais dû discuter avec toi au lieu de t'accuser à tort, mais après la mort du bébé, je n'avais pas les idées claires. Pardonne-moi, je t'en prie. Depuis le début, je n'ai cessé de me conduire en dépit du bon sens et je le regrette. Mon Dieu, si tu savais comme je le regrette !

Le visage tendu, Reece peinait à lutter contre l'émotion qui lui déchirait le cœur.

— Tu ne manqueras jamais de rien, tu sais. Je ferai en sorte que le contrat de divorce t'avantage. Tu n'auras pas de soucis d'argent, je te le promets. En attendant, va chez ta sœur. Je n'ai pas envie de te savoir toute seule en ce moment. A mon retour, je t'appellerai pour que nous discutions de tout cela, d'accord ?

— Non, Reece. Je ne suis pas d'accord, balbutia-t-elle. Comment veux-tu que je sois d'accord pour mettre un terme à ce qui avait si bien commencé ?

Sorrel vit une lueur de regret traverser le regard de Reece.

— C'est du passé, dit-il. Tu sais aussi bien que moi que trop de choses ont changé depuis les premiers temps de notre mariage. Je suis désolé, mais je n'ai pas le temps de discuter davantage avec toi, il faut que je m'occupe d'Angelina. S'il te plaît, ma chérie, retourne vivre quelque temps chez Melody. D'accord ?

Les larmes aux yeux, Sorrel respirait péniblement. Elle savait bien qu'elle ne pouvait pas lui reprocher sa sollicitude envers Angelina, mais au fond d'elle-même, la jalousie lui soufflait qu'il négligeait encore sa propre femme pour une autre. Bien sûr, c'était mal de penser cela, mais si Reece lui avait proposé de rester avec lui pour l'aider à régler la situation, elle ne se serait pas sentie aussi délaissée, aussi désespérée...

Confrontée à la mort de tous ses espoirs, elle se sentait fautive et terriblement vulnérable. Muette de douleur, elle s'enfuit dans la maison pour ne pas s'effondrer en larmes devant lui.

Deux semaines plus tard, dans le bureau de Nina Bryant

— Nous allons préparer quelques échantillons à partir de ces études. Tes croquis sont fabuleux, Sorrel. Encore une fois, un grand bravo, dit Nina en rangeant les dessins dans un dossier qu'elle posa sur sa table de travail.

Savourant ces compliments, Sorrel but une petite gorgée du thé qu'elle avait laissé refroidir dans l'attente anxieuse du verdict de son amie. Elle avait à présent de quoi se réjouir : si son travail attirait l'œil d'une créatrice aussi talentueuse que Nina, cela voulait dire qu'elle avait toutes ses chances pour la nouvelle carrière qu'elle envisageait. Depuis son retour du Portugal, elle avait passé toutes ses journées à peaufiner ses croquis, et elle était vraiment ravie de constater que son labeur avait payé. Après ces tristes semaines, les félicitations de Nina agissaient comme un baume pour son amour-propre.

Sorrel ne regrettait qu'une seule chose : ne pas pouvoir partager cette joie avec Reece...

— Allez, les enfants, tante Sorrel a besoin d'un peu de repos. Vous l'avez accaparée toute la journée. En plus, il est l'heure de se coucher. Par conséquent, au lit. Je monte vous border dans quelques minutes.

La petite Daisy répondit par un bâillement et se frotta

les yeux. Puis, sans protester pour une fois, les deux anges blonds se levèrent et allèrent embrasser leur tante.

— Bonne nuit, tante Sorrel.

— Bonne nuit, Will, bonne nuit, Daisy. Faites de beaux rêves, mes chéris.

Tandis qu'elle les regardait s'éloigner, Sorrel éprouva pour eux un élan d'amour tellement fort qu'elle dut se retenir pour ne pas se lever à leur suite et leur faire un dernier câlin. Elle adorait son neveu et sa nièce et se sentait incapable de leur refuser quoi que ce soit. D'ailleurs, elle avait passé la majeure partie de ce samedi pluvieux à jouer avec eux, et ne s'était pas ennuyée une seconde.

Mais maintenant qu'ils s'en allaient se coucher, un sentiment de vide familier s'insinuait de nouveau en elle. Reece lui manquait. Leur séparation la plongeait dans une solitude insupportable, aggravée par des remords incessants. Il avait failli mourir dans un accident de voiture sans savoir à quel point elle l'aimait. Et tout ce qu'elle avait trouvé à faire, c'était l'accuser d'infidélité.

Reece ne lui avait pas pardonné ces paroles de trop. En deux semaines, il ne lui avait téléphoné qu'une seule fois, pour lui dire qu'Angelina était sortie de l'hôpital et qu'elle était en convalescence chez son cousin. Il l'avait également informée qu'il séjournait à Lisbonne pour affaires, et qu'il ne savait pas quand il rentrerait. Tout au long de la conversation, il lui avait semblé distant, froid. Savait-il à quel point il lui compliquait les choses en se comportant avec elle comme un étranger ? N'avait-il pas compris qu'il lui avait brisé le cœur ?

Sorrel secoua la tête. Toujours ces pensées négatives… Elle n'avait pas le droit de céder au désespoir, ni de perdre l'espoir de reconquérir Reece. Depuis son retour, elle faisait tout pour se mettre dans de bonnes dispositions. Elle était allée voir le psychologue deux fois, elle s'était abonnée à un club d'aérobic et s'efforçait de reprendre une alimentation normale. Déjà, son état s'améliorait. Elle reprenait des couleurs, elle ne flottait plus dans ses vêtements. Sur le plan psychologique, les progrès étaient également notables : les compliments de Nina et l'espoir d'une nouvelle carrière lui avaient donné des ailes. Lentement, mais sûrement, elle retrouvait l'estime d'elle-même.

Elle allait bientôt téléphoner à Reece pour convenir avec lui d'une rencontre. Mille fois elle avait répété dans sa tête le discours qu'elle comptait lui faire lorsqu'elle le verrait. Elle commencerait par lui dire qu'elle l'aimait, qu'elle l'avait toujours aimé, même au plus fort de leur brouille. Elle le supplierait de donner une autre chance à leur couple. Elle implorerait son pardon pour ses soupçons et sa jalousie maladive, elle lui prouverait qu'elle avait la force et la détermination nécessaires pour surmonter les difficultés et pour aborder la vie avec courage. Et si jamais sa tentative échouait, eh bien, au moins, elle aurait essayé…

Perdue dans ses pensées, elle sursauta quand, d'une caresse, Melody ébouriffa ses cheveux.

— Que dirais-tu d'un petit apéritif ? Après tout ce travail, tu ne vas tout de même pas me dire non ? Moi, en tout cas, je vais m'accorder ce plaisir… Et pourtant, grâce à toi, je n'ai pas eu à m'occuper des enfants aujourd'hui.

— Bon, dans ce cas, d'accord… merci, répondit Sorrel avec un sourire chaleureux.

Melody était pour beaucoup dans son rétablissement. Elle avait accueilli Sorrel chez elle sans discuter, elle l'avait écoutée, conseillée, encouragée dans ses efforts sans jamais s'imposer plus que nécessaire. Ce n'était pas la première fois que Sorrel bénissait le ciel pour le soutien et l'amour qu'elle trouvait chez sa sœur.

— Tu sais, poursuivit Melody, si tu n'avais pas décidé de devenir la créatrice de mode la plus célèbre d'Angleterre, je t'aurais tout de suite engagée comme nounou. Les enfants raffolent de toi. Toute la journée, j'entends « tante Sorrel » par-ci, « tante Sorrel » par-là... A leurs yeux, tu es la perfection incarnée !

— J'adore les enfants. C'est si facile de les rendre heureux. Il suffit juste de les aimer de tout son cœur.

Melody ne répondit pas. Tournant la tête vers elle, Sorrel eut la surprise de voir des larmes briller dans les yeux de sa sœur, d'ordinaire si pragmatique et rétive aux manifestations d'émotion.

— Sorrel... Un jour, toi aussi, tu auras de merveilleux enfants... même si cela ne doit pas faire plaisir à Will et à Daisy !

— Mais non, voyons. Je les aimerai toujours autant. Bon, et cet apéritif, Melody ? On est très mal servi, dans cette maison !

Sa sœur se leva en riant, et la laissa à ses rêveries de maternité. Devenir mère... C'était son vœu le plus cher. Et elle savait déjà avec qui elle voulait avoir ces « merveilleux enfants ». Restait à convaincre l'homme en question qu'il était parfait pour ce rôle...

Garé devant la grande maison pittoresque de Melody, Reece observa un moment la façade bleue et blanche aux fenêtres ornées de maquettes de bateaux. Enfin, il prit une profonde inspiration et se décida à sortir.

Il aurait dû téléphoner avant de venir, ne serait-ce que

pour s'assurer que Sorrel était chez sa sœur… En arrivant à l'aéroport, il n'avait pas eu le courage de retourner dans leur maison londonienne et d'affronter le silence et la solitude des grandes pièces vides. Au lieu de cela, il avait filé directement dans le Suffolk, chez Melody.

Mais maintenant qu'il claquait la portière de sa Jaguar, il s'efforçait de ne pas espérer trop de cette visite. Sorrel consentirait-elle seulement à lui parler ? Après tout, il avait été odieux avec elle. Le jour où il lui avait demandé de partir, il n'avait eu aucun égard pour les opinions et la souffrance de Sorrel. Non seulement grossière, sa conduite avait également été stupide. Dès qu'elle avait pris l'avion pour Londres, il s'était rendu compte de l'erreur monumentale qu'il venait de commettre. Sorrel était tout pour lui. Il l'aimait encore, il ne cesserait jamais de l'aimer.

Tant de choses l'avaient empêché de voir clair dans ses sentiments : leurs problèmes de couple, la perte du bébé, l'accident d'Angelina, les accusations blessantes de Sorrel… Pendant un temps, obnubilé par son chagrin, il s'était complu dans un rôle de victime. Mais plus maintenant.

D'un pas résolu, il remonta l'allée encombrée de vélos d'enfants, d'une poussette de poupée et d'un ballon orange vif. Ce joyeux désordre lui fit sentir plus vivement encore son désir de fonder une famille.

Il sonna et retint son souffle. Quelques secondes plus tard, Melody ouvrit la porte vêtue d'un jean et d'une chemise blanche dont la simplicité mettait en valeur son collier de perles blanches. Elle était sans aucun doute une jolie femme, fraîche et naturelle, mais à côté de la beauté lumineuse de Sorrel, elle semblait presque quelconque.

— Bonsoir ! lança Reece avec un sourire.

Melody demeura bouche bée pendant quelques secondes.

Puis, elle fronça les sourcils et recula d'un pas pour le laisser entrer.

— Elle est dans le salon. Reece... Elle se démène pour reconstruire sa vie, alors s'il te plaît, ne gâche pas tout, d'accord ?

Il hocha la tête et se dirigea vers le salon.

Assise sur le tapis, au milieu des jouets des enfants, Sorrel feuilletait distraitement un carnet de dessins quand, levant les yeux, elle vit Reece dans l'embrasure de la porte. Stupéfaite, elle le contempla un moment en silence, s'attardant sur son jean noir, sur le polo sombre qui moulait son imposante musculature. Avec son teint hâlé et ses cheveux dorés, il était beau comme un dieu grec. Aussitôt, une violente bouffée de désir l'envahit tout entière.

— Reece ? Mais qu'est-ce que tu fais ici ? Pourquoi n'as-tu pas téléphoné pour annoncer que tu venais ?

— Je voulais te voir, dit-il de sa voix chaude aux accents délicieusement traînants.

Il posait sur elle un regard brûlant qui la fit fondre. Embarrassée, ne sachant comment réagir, Sorrel se leva lentement, épousseta son jean et dévisagea Reece en roulant un bouton de son chemisier entre ses doigts distraits.

— C'est que... moi-même, j'avais l'intention de t'appeler. Nous avons des choses à nous dire et je...

Elle s'interrompit, troublée par l'intensité du regard de Reece. On aurait dit qu'il la voyait pour la première fois...

Reece n'en revenait pas de la retrouver aussi belle, aussi fraîche. Qu'avait-elle fait pour opérer un tel changement en si peu de temps ? Elle était tout simplement renversante. En jean, aucune autre femme n'avait l'air plus attirante, plus sexy. Mais il y avait chez elle quelque chose de plus touchant encore, une simplicité émouvante. Lorsqu'il l'avait vue assise au milieu des jouets éparpillés, il avait compris que c'était avec elle et personne d'autre qu'il souhaitait fonder une famille.

Il lui sourit et haussa les épaules.

— Je sais que nous avons des choses à nous dire, mais je ne suis pas venu pour parler de divorce.

Sorrel fronça légèrement les sourcils.

— Ah bon ? Mais de quoi veux-tu parler, alors ?

Les mains derrière le dos, il se balança sur ses jambes avec l'air de chercher ses mots.

— Je suis venu te demander pardon de m'être aussi mal comporté envers toi.

Elle écarquilla les yeux.

— Ai-je ton pardon ? demanda-t-il d'une voix plus calme.

— Oh, Reece, je...

— Attends, laisse-moi terminer.

Il lui prit la main et respira profondément.

— Je n'arrive pas à vivre sans toi, Sorrel. Je n'aurais jamais dû te repousser comme je l'ai fait après l'accident. Tout ce que je peux dire pour ma défense, c'est que j'étais furieux que tu m'accuses d'avoir eu une aventure avec Angelina alors même que la veille, nous avions passé une nuit fantastique tous les deux.

Elle rougit à cette évocation.

— J'ai besoin de toi, je pense à toi à chaque seconde, chaque jour sans toi est un supplice. En es-tu seulement consciente ?

— Eh bien, je...

— Si tu savais comme je suis désolé, ma chérie, comme je regrette d'avoir été si froid en apprenant que tu étais enceinte. A ce moment-là, je n'avais pas compris tout ce que la maternité signifiait pour toi. Et, à supposer que tu me l'aies expliqué, je ne t'aurais même pas écoutée. C'est seulement après ta fausse couche que j'ai mesuré l'importance de ce que nous avions perdu... J'ai alors réalisé que nous avions raté une possibilité de fonder une famille.

Muette, elle le contemplait avec stupéfaction.

— Et je ne t'en veux pas pour ton comportement après la mort du bébé. C'est ma faute, j'aurais dû être plus compréhensif avec toi, mais j'avais tellement peur de te perdre. Chaque jour, je te voyais t'enfoncer un peu plus dans ton monde et je finissais par penser que nous étions étrangers l'un à l'autre, que bientôt, tu n'aurais plus besoin de moi... J'avais tellement peur, Sorrel. Parce que ce que je désire le plus au monde, c'est continuer de vivre avec toi. Reviens à la maison. S'il te plaît.

— Revenir à Londres ?

— C'est là que nous habitons, n'est-ce pas ? Mais si tu le souhaites, nous pouvons aller ailleurs... Où tu voudras.

— Vraiment ?

Il lui prit le visage entre les mains.

— Je ferai tout ce qui te rendra heureuse, ma chérie.

A ces mots, Sorrel sentit son cœur s'épanouir sous l'effet d'une joie qui confinait au délire.

— Oh, Reece, je voudrais te rendre heureux, moi aussi ! C'est justement de ça que je désirais te parler. En fait, tout ce que tu viens de me dire, je voulais te le dire moi-même. Quant à la maison... Je me sentirai chez moi partout où je t'accompagnerai.

— C'est vrai ? Tu ne me dis pas ça seulement pour me faire plaisir ? Je veux que tu sois sincère avec moi. Sans honnêteté, sans confiance, notre mariage n'aura aucune chance de tenir. Tu en conviens, n'est-ce pas ?

Une ombre d'angoisse traversa son regard, et Sorrel eut envie de le serrer fort contre elle.

— Je suis d'accord… De tout mon cœur.

— Pourras-tu jamais me pardonner d'avoir été aussi stupide ? Je t'aime, Sorrel. Tu es ma vie, ma raison d'être. Aucune joie, aucune satisfaction ne sera jamais complète si tu ne les partages pas. Mon vœu le plus cher est de vivre heureux avec toi. Est-il possible de faire chacun un petit effort ?

— Non.

— Quoi ? dit-il, le visage décomposé.

Sorrel eut un sourire radieux.

— Non, je ne veux pas d'un petit effort. Si nous redonnons une chance à notre mariage, je m'impliquerai tout entière et j'attends la même chose de toi. Ce sera tout ou rien, à prendre ou à laisser.

— Madame est dure en affaires, mais le marché est tentant. Je serais le dernier des imbéciles si je disais non, qu'en penses-tu ?

— Tu n'as rien d'un imbécile, Reece. Et moi non plus, je ne me vois pas vivre sans toi. Si tu savais comme j'ai eu peur quand tu m'as dit que notre mariage était terminé…

— J'étais fou de te dire une chose pareille. Pardonne-moi, je n'avais pas les idées claires, j'étais malheureux. Dieu sait que j'ai fait des erreurs dans la vie, mais celle-ci était sans aucun doute la plus monumentale de toutes. Je suis tellement heureux que tu me laisses une dernière chance. Cette fois-ci, je ne la laisserai pas filer.

Il la serra contre lui et approcha ses lèvres des siennes.

— Tu me le jures ? murmura Sorrel dans un souffle.

— Sur ma vie.

Et ils scellèrent cette promesse par un baiser passionné.

*
* *

Dès qu'il l'aperçut, seule dans le hall d'un grand hôtel londonien, il n'eut d'yeux que pour la jeune femme blonde au charme ensorcelant. Vêtue d'une robe de soie dont l'étoffe vaporeuse soulignait ses formes harmonieuses, elle ignorait avec superbe les nombreux regards de convoitise braqués sur elle. Elle sembla s'arracher à la contemplation d'un tableau de maître au-dessus de la cheminée, se retourna lentement et promena son regard sur le hall, admirant les meubles de prix, les tentures de velours, le lustre de cristal.

C'est alors qu'elle le vit, et aussitôt, un sourire s'épanouit sur ses lèvres exquises. D'une démarche lente et assurée, aérienne, elle s'approcha, ses hanches ondulant légèrement à chaque pas. Puis elle s'arrêta devant lui et le toisa d'un regard aguicheur et hardi.

— J'ai vu que vous me regardiez…

— Mille pardons. Vous êtes tellement ravissante…

Plongeant son regard dans l'audacieux décolleté de la jeune femme, il avança la main et enroula autour de son doigt une mèche blonde dont il savoura la douceur soyeuse. Ensorcelé, oublieux de tout ce qui l'environnait, il sentait qu'il n'existait plus que pour elle, par elle.

— J'attends quelqu'un, murmura-t-elle.

Doucement, elle effleura sa hanche, et il referma les doigts autour de son poignet fin.

— Comme c'est curieux ! Moi aussi. En fait, je crois avoir rencontré cette personne. Voulez-vous que je vous conduise quelque part ?

— Vous séjournez dans cet hôtel ?

L'excitation délicieuse qu'il perçut dans sa voix déclencha un frisson dans tout son corps.

— En effet. Voulez-vous monter dans ma chambre ?

— Que peut-il y avoir de si intéressant dans votre chambre ? le taquina-t-elle.

— Etes-vous ce genre de femme qui aime jouer avec le feu ? Qui n'a pas peur de se brûler ?

Une rougeur fugace se répandit sur les joues de la jeune femme. Sans un mot, il lui prit la main et la conduisit vers les ascenseurs.

Les longs rideaux diaphanes qui habillaient les deux grandes fenêtres de la chambre flottaient doucement dans l'air de la nuit, et la pièce était plongée dans une obscurité à peine tempérée par la pâle lumière de la lune. La porte refermée derrière eux, ils échangèrent un long baiser qui laissa Sorrel pantelante. Prise dans un tourbillon de sensations enivrantes, elle sentit qu'il la prenait dans ses bras et qu'il la portait quelque part dans l'obscurité. Le jeu de Reece l'excitait tellement qu'elle se sentait défaillir.

C'était Reece qui avait songé à passer la nuit dans un palace de Londres avant de rentrer chez eux. La rencontre romantique dans le hall de l'hôtel, entre deux « étrangers » subjugués l'un par l'autre dès le premier regard, c'était encore son idée. Toutefois, dans l'obscurité complice de la chambre, Sorrel avait de plus en plus de mal à continuer cette délicieuse comédie. Son désir augmentait de seconde en seconde jusqu'à devenir insupportable, elle voulait qu'il la prenne tout de suite, sauvagement, comme aux premiers temps de leur amour.

Les yeux brillants, Reece la laissa glisser par terre et la poussa vers le lit.

— Enlève ta robe, ordonna-t-il sur un ton autoritaire qui la fit frémir.

— Mais je croyais que tu aimais bien cette robe…, le taquina-t-elle.

Tout à coup, Sorrel se sentait aussi timide qu'une jeune fille devant un séduisant inconnu.

— Elle est très belle, concéda-t-il d'une voix traînante, mais ce que tu as en dessous l'est encore plus.

Sorrel ôta sa robe et la jeta négligemment au pied du lit. Puis, en sous-vêtements de dentelle blanche, elle se livra à son regard avide. Pour la première fois depuis une éternité, elle se sentait féminine… et aimée.

Un sourire félin se peignit sur les lèvres de Reece.

— Enlève le reste.

Le cœur battant, elle obéit en silence et, pendant de longues secondes, lui offrit le spectacle de sa nudité, le suppliant du regard pour qu'il lui fasse l'amour. Un long frisson la parcourut et elle croisa les bras sur sa poitrine.

— J'ai froid, fit-elle.

Sans préambule, Reece se débarrassa de ses vêtements comme s'ils eussent été de feu et fit basculer la jeune femme sur le lit.

Leur désir était tellement impérieux qu'ils ne purent en retarder l'assouvissement une seconde de plus. Elle noua ses longues jambes fuselées autour de son corps viril et dur et l'accueillit en elle avec un sourd gémissement de plaisir. Renversant la tête en arrière, elle se laissa aller contre lui, s'abandonnant tout entière à l'extase que faisaient naître en elle ses poussées magiques. Les cheveux soyeux de Reece la chatouillaient agréablement et sa barbe naissante contre sa joue lui donnait des frissons de plaisir. Avec lui, elle sombrait dans un abîme de volupté dont jamais elle n'aurait voulu toucher le fond. Elle était tout entière tendue vers lui, elle le voulait, elle avait besoin de lui.

— Je t'aime, murmura-t-elle à son oreille.

— Je t'aime moi aussi, répondit-il d'une voix que la passion rendait rauque.

Il l'étreignit avec une ardeur renouvelée. Saisie d'un frémissement délicieux, elle se pressa contre lui. Il l'entraînait dans un tourbillon de sensations enivrantes, plus haut, toujours plus haut, vers des sphères inconnues. Plongée dans une béatitude voluptueuse, elle éprouvait un bonheur possessif, douloureux, qui lui faisait monter les larmes aux yeux.

Il lui embrassa les seins, en caressa et en lécha les pointes, laissant courir sa main sur le ventre plat de la jeune femme. Enfin, secoué d'un spasme violent, il redressa la tête avant de s'effondrer sur Sorrel, terrassé.

Elle tressaillit et fixa sur lui ses grands yeux bleus.

— Reece… nous n'avons pas utilisé de protection.

— Il vaut mieux, si nous voulons avoir des enfants.

Il avait parlé sur un ton légèrement moqueur que contredisait l'expression sérieuse de son regard. Le cœur gonflé d'amour, Sorrel le regardait avec intensité.

— Je ne veux te forcer à rien, Reece, assura-t-elle d'une voix douce. Je ne veux pas répéter la même erreur, en t'imposant une paternité que tu ne désires pas. Si tu ne souhaites pas avoir d'enfants, eh bien, je me ferai une raison. Je préfère renoncer à devenir mère que de te perdre. Je t'aime, Reece. Je suis prête à te suivre partout, jusqu'au bout du monde.

Reece sentit son cœur déborder d'un amour sans limites. La générosité merveilleuse de Sorrel le bouleversait et ses paroles le touchaient au plus profond de lui-même, mais, pour lui comme pour elle, le temps des sacrifices était terminé. Lui aussi avait envie d'une famille. Les événements de ces dernières semaines lui avaient fait prendre conscience de la vacuité de ses ambitions et de la valeur de la vie, de l'amour.

L'ange gardien qui l'avait tiré sain et sauf de l'accident de voiture avait certainement eu une idée derrière la tête… Et cet ange gardien, Reece savait confusément que c'était sa mère. Sa mère, dont il avait respiré le parfum de roses dans la petite église portugaise. Sa mère, qui avait tenté de lui faire comprendre que les enfants étaient un don du ciel. Il n'avait pas survécu à cet accident pour rien : il allait fonder une famille avec Sorrel.

— Je me sens chez moi là où tu es, Sorrel. Sincèrement. Pardonne-moi de t'avoir laissée si souvent seule. J'étais obnubilé par mon travail, je ne me rendais pas compte de ta situation. J'ai eu tort de souhaiter que tu me suives dans tous mes déplacements, tort de ne pas consentir à t'écouter. Je suis désolé, ma chérie. Sache que tu ne m'imposes rien. Je souhaite être le père de ton enfant. Je souhaite former une famille avec toi. Tu n'imagines pas à quel point j'ai souffert de la perte du bébé.

— Oh, Reece…

Trop bouleversée pour parler, Sorrel prit son visage dans ses mains et embrassa doucement ses lèvres.

— Tu seras un père merveilleux… et le meilleur des maris. Je le sais.

Reece eut un sourire taquin.

— Eh bien, dans ce cas, passons à l'action !

Et il la réduisit au silence d'un baiser qui la fit sombrer dans une ivresse bienheureuse.

collection *Azur*

Ne manquez pas, dès le 1ᵉʳ mai

UN SCANDALEUX MARCHÉ, *Jacqueline Baird* • N°2679

A la mort de ses parents, Penny apprend que Solo Maffeiano, un homme d'affaires cynique et sans scrupules, comme elle l'a appris à ses dépens quatre ans plus tôt, est désormais devenu le propriétaire du domaine familial, Haversham Park, et qu'elle ne pourra y rester que si elle accepte de l'épouser…

LE SECRET D'UNE NUIT, *Lindsay Armstrong* • N°2680

En apprenant que l'homme avec lequel elle a passé cinq jours idylliques est un ennemi de son père, Maggie comprend qu'elle doit fuir celui qu'elle aime déjà follement, et qui a voulu se servir d'elle en la séduisant. Pire, elle va aussi devoir lui cacher qu'elle attend un enfant de lui…

DE DANGEREUSES RETROUVAILLES, *Jane Porter* • N°2681

Très malade, Payton sait qu'elle ne pourra s'occuper de ses adorables jumelles pendant les mois à venir, et qu'elle va devoir les confier à son ex-mari, qui vit à Milan. Mais alors qu'elle se sent particulièrement vulnérable, Payton redoute de ne pouvoir dissimuler ses sentiments à celui qu'elle aime toujours, et qui doit bientôt se remarier…

LE FIANCÉ INTERDIT, *Jessica Steele* • N°2682

Par peur de ressembler à sa mère, qui collectionne les aventures, Erin refuse de penser aux hommes. Jusqu'à sa rencontre avec Joshua Salsbury, son nouveau et séduisant patron, qui ne semble pas insensible à ses charmes. Mais comment réagira-t-il en apprenant que la mère d'Erin n'est autre que la femme qui a rejeté son père, brisant le coeur de celui-ci ?

Et les 4 autres titres…

PASSION À MADRID, *Fiona Hood-Stewart* • N°2683

L'homme dont elle était enceinte allait se marier dans quelques semaines ! A son arrivée à Madrid, Georgiana était loin d'imaginer un scénario aussi catastrophique. Pourtant, sans qu'elle puisse rien y faire, elle était tombée amoureuse du duc Juan Felipe. A présent, comment allait-elle pouvoir lui avouer la vérité ?

LE PRINCE DE SES NUITS, *Miranda Lee* • N°2684

Passionnée de chevaux depuis toujours, Samantha voit son rêve se réaliser le jour où elle est engagée comme vétérinaire aux écuries royales de Dunbar. Mais ce rêve pourrait bien se briser lorsque le cheikh Rachid bin Said al Serkel décide de venir diriger les écuries pendant quelques semaines. Car dès qu'elle le voit, Samantha n'a plus qu'une envie : se soumettre au désir de cet homme terriblement séduisant et mystérieux...

LE VENIN DU DOUTE, *Lucy Monroe* • N°2685

Pour Rachel, la vie a pris les teintes sinistres d'un cauchemar... Par inconscience et par égoïsme, sa mère a provoqué la mort de son dernier époux en date, le riche et puissant Matthias Demakis. A présent, comment pourra-t-elle affronter Sebastian, le neveu de Matthias, et supporter ses reproches et sa colère, alors qu'elle l'aime depuis toujours ?

UN PATRON À AIMER, *Ally Blake* • N°2686

Irrésistibles patrons   Emma va bientôt revoir Harry Buchanan, le richissime patron de Harold's House. Et une fois de plus, elle va prier pour qu'il l'embrasse enfin... Mais Emma sait qu'une telle chose n'est pas prête d'arriver. Pas avant que Harry ait enfin réglé ses comptes avec son passé...

Collection Azur
8 titres le 1er de chaque mois

L'ASTROLOGIE EN DIRECT
TOUT AU LONG
DE L'ANNÉE.

(France métropolitaine uniquement)
Par téléphone 08.92.68.41.01
0,34 € la minute (Serveur JET MULTIMÉDIA).

Composé et édité par les
*éditions*Harlequin
Achevé d'imprimer en mars 2007

BUSSIÈRE

GROUPE CPI

à Saint-Amand-Montrond (Cher)
Dépôt légal : avril 2007
N° d'imprimeur : 70181 — N° d'éditeur : 12731

Imprimé en France